烟花

Fireworks,
Should We See It from the Side or the Bottom?

[日] 岩井俊二 / 原作
[日] 大根仁 / 著
锦小豆 / 译

百花洲文艺出版社
BAIHUAZHOU LITERATURE AND ART PRESS

·目录·

年幼时，我曾在水中睁开眼睛。

即使没有潜水镜或护目镜，水中的世界仍然一清二楚地展现在我面前。

大小不一的气泡在我眼前一沉一浮，随后悄然破裂。

那仿佛是——无声的烟花。

继续憋气的话，说不定就能前往另一个世界。

可惜，那时候的我无法继续忍耐，便在泳池里抬起头——映在眼中的，是蔚蓝的天空与洁白的云朵。

学校的钟声，吵闹的蝉鸣，它们把我从无声的世界唤回到了现实世界。

唯一的世界。

这是再自然不过的事。

但在那个夏天——

我确实体验过另一个……不，不止一个——

我和那家伙一起体验了好几个“如果的世界”。

风力发电机的螺旋桨，灯塔投射出的光线，沿着海岸线的轨道，到处都有涂漆脱落的泳池池壁……

打开便嘎吱作响的生锈铁门，不知道多少岁的山毛榉，吵吵嚷嚷的教室……

在我脑海中浮现的景色，处处都有她的身影。

穿着校服看海的背影，在教室回头的模样，泳池中优美的自由泳姿势，夕阳下的浴衣，凝视着我的眼睛……

最忘不了的，还有那家伙的哭喊声。

“典道同学！”

那个时候，在我体验的那几个“如果的世界”中，我确实看到了扭曲的景色，听到了异常的声音。

那家伙的名字是——荠。

要是……我在那时……要是……我在那时……要是在那个时候，荠她……要是我……要是能回到那个时候……

没有如果的世界

老房子的厕所，为什么一大早就如此闷热呢？

我家的厕所建在楼梯下方，一进去就有一种被墙壁挤得喘不过气来的感觉。尽管旁边开着小窗，却丝毫没有通风的效果。

因此，一到夏天，坐在马桶上的我和蒸笼里的肉包子没有什么区别。

我的正前方贴着一幅由观光协会制作的月历，上面的照片展现出茂下海岸的热闹景象。不过，打从我出生到现在，从未见过照片中那样熙熙攘攘的人群。

照此说来，这张照片应该不是昭和年代拍的，而是二十世纪拍的吧。我打着哈欠，摸着照片里小小的鲜红色高叉泳衣，正当我神游于过往美女们的照片时，突然传来一阵猛烈的敲门声……

“典道！快点出来！不要因为是暑假的上学日（**注：日本部分学校在假期会要求学生返校，目的是检查学生的暑假作业完成情况**）就这么懒洋洋的！”

母亲歇斯底里的喊叫声传到我耳边，托她的福，本来就闷热难耐的厕所的温度仿佛又升高了三度。

不可理喻啊，母亲这种生物为什么会一大清早就这么吵吵嚷嚷的？我不耐烦地回敬道：“吵死了！我还要待一会儿啊。”

可没等我说完，母亲就走开了，远远地还传来她的念叨：“早餐吃昨晚剩下的咖喱哦！”

我只能抱着肚子小声嘟囔道：“饶了我吧……”

起居室的电视播放着全国各地烟花大会的报道，我边看电视报道边小心翼翼地分开生鸡蛋的蛋黄与蛋白，接着把蛋黄倒在咖喱上。

“真是的，你也吃一下蛋白啊！蛋白的营养也很丰富的哦！”

母亲一边用吸尘器轰隆轰隆地做清洁，一边用捆起来的传单敲打我的脑袋。

“别在我吃饭的时候用吸尘器好吗……”

要是我敢大声说出这番心里话，势必会激起母亲雷风暴雨般的反击，于是只好小声嘀咕着。靠着这小小的抵抗，我无视母亲的念叨，用力搅拌蛋黄，好让它和咖喱完美地融为一体。唉，如果鸡蛋只有蛋黄，肯定会供不应求的。

我用满身伤痕的小勺子舀起咖喱，大口吃起来，这小勺子自小学低年级起就一直陪伴着我。

啊——真好吃！隔夜的咖喱为什么会这么好吃呢？一定是因为咖喱在锅中放了一晚，然后在与鸡蛋蛋黄混合的时候，引发了什么美妙的化学反应吧。

“今天，全国各地将会举办烟花大会！接下来是大家最关心的天气……"

电视节目从烟花大会的报道切换成大姐姐播报天气预报。画面中的日本地图上，仿佛开玩笑一般，只有笑嘻嘻的太阳公公。我猛然想起厕所月历上的日子——8月1日标注着“烟花大会”的文字。虽说我都初一了，不会因为烟花大会就兴高采烈，但还是觉得今天有什么不一样。等等，都已经在播天气预报了，那我是不是要迟到了？

匆忙中，我狼吞虎咽地吃掉剩下的咖喱，把脏盘子留在餐桌上，然后飞奔到店门口，系起旅游鞋的鞋带。当我用舌尖挑着牙缝的鸡肉，嘟囔着“真是烦死人了……为什么会有暑期上学日这种鬼东西”的时候——

“你还算好的啦。”

却突然听到父亲如此说道。

正在店里护理钓鱼竿的他穿着运动短袖，下身则是短裤和凉鞋，根本不是一副要开门迎客的行头。

我家的岛田钓具店是代代相传的……开玩笑，其实只是爷爷退休不当渔民后，心血来潮开的店铺，开店不足二十年，还附带卖些日常用品，例如干货和宠物的饲料，可以说是一家毫无原则的钓具店。虽然父亲子承父业，继承了爷爷的店，但我并不打算沿袭他们的脚步。

“什么？为什么？”

“因为你……”

起居室的深处突然响起母亲震耳欲聋的声音，把父亲正要回复我的话完全盖住。

“典道！吃完饭要好好收拾盘子！妈妈下午就不在家了，晚饭你就随便吃点冰箱里的东西！”

我在心里回吼道：“你用不着这么大声，我已经听得够清楚了！”嘴上却乖巧温顺地回复道：“知道了！”

看着仍在护理钓鱼竿的父亲，我又问道：“怎么了？你要去哪里吗？”

“听说是收集了点破烂玩意儿，所以要在茂下神社开一个跳蚤市场呢。”

“在庙会这天吗？有谁会去啊？”

“而且有必要闭门休业也要去吗……”

话还没说完，父亲突然沉默，还麻利地收拾起了钓鱼竿。我感到莫名其妙地抬起头，不知何时母亲已经站在了我的身后。

那张脸看上去毫无表情，但这个才是最可怕的表情。

“你们在说什么呢？”

“我出门了哦！”

我预感会有一场腥风血雨，立刻夺门而出，逃之夭夭。

“破烂玩意儿是什么意思？！要是你不想去，不去就行了呗！”

想必父亲此时肯定在一边哆嗦，一边摇头吧。

我骑上店里破旧的自行车，在通往海边的坡道上飞驰而下。

不一会儿，我就大汗淋漓，但这种全身沐浴在迎面而来的海风中的感觉，真的太舒畅了。这一刻让我不禁感叹自己出生在这个小镇真是太好了。

茂下镇靠近太平洋，拥有古老的渔港和小小的港口，而且人口急速上升……才怪，这只是一个拥有两千八百人的小镇而已。镇里的人大多都在紧贴港口，面向山峦的斜面处居住。

“这里看起来就像是不起眼的尾道（**注：尾道市，广岛县东南部的城市，市区商业发达，市内多古寺，观光业的发展十分迅速**）呢。虽然萧条，但感觉还不错。”

不久前，一个从东京来这里钓鱼的年轻人曾说过这样的话。

虽然我不知道尾道在哪儿，但他肯定在说十分过分的话。只不过，萧条这点我倒是不否认。

六年前的地震灾害，给这个曾经以渔业闻名的小镇造成巨大打击。不仅如此，这个小镇本可以在夏天靠着县内为数不多的观光海滩兴旺起来，如今却丧失了活力，变得死气沉沉。确实，和东北地区相比，我们这儿的受灾程度不算什么。万幸的是，这里没有人员死亡，可小镇的渔港几乎被破坏殆尽，至今仍没有恢复到以前的一半。时至今日，也只有本地居民肯光顾观光海滩了。

“不过，这里真的有一种怀旧的气氛呢。”

来钓鱼的人如此说道。

什么嘛，怀旧气氛是几个意思？虽然他的话里确实没有看不起这里的感觉，但也绝对没有想来这里住或是想经常来这里的意思。

老实说，如果问我喜不喜欢这个小镇，我也不清楚自己要如何回答。一提到东京，我肯定是感叹“真帅啊”，但想不想住在东京又是另一回事了。因此，要是让我选择是否要在这个小镇住一辈子，我肯定也会抱头苦思一番。

“典道！”

循着声音来的方向，只见安云祐介踩着最新款式的登山车，从坡道半途的巷子里飞驰而出。祐介是我从小一起的伙伴，他的父亲是医生。除去父母，他大概是我人生中陪伴在我身边时间最长的人。

“早呀。”

“早呀。”

我举起一只手打招呼。

随后，从别的巷子里，滑着滑板的纯一和踩着滑板车的稔加入了我们的队伍。我们四人一同滑下坡道，开始像往常一样闲聊。

“今天要赌什么？”

纯一在我们的小团体中个子最高，嗓音也渐渐变声，但他并没有与之相应的沉稳性格。不如说，我们当中要是有谁开了什么无聊的玩笑，那八九不离十就是这个家伙了。这小子既是我们之中最会活跃气氛的人，也是一个十足的闯祸精。说实话，到现在还要赌来赌去的实在是太幼稚了，但“立马响应赌约”，是我们自小学起就遵守的约定。

“输了的人要去捉弄三浦老师哦！”

稔自小学四年级起就没再长高，不过是个毛都没长齐的黄毛小子，但说到我们四人中谁最早熟，他估计是当仁不让。不过，稔也有像纯一一样孩子气的一面，两个人一直嘻嘻哈哈地闹来闹去。

“喂，你们不觉得三浦老师变得更加丰满了吗？”

“知道吗，身材是越按摩越丰满的，只有按摩了之后，身材才会越来越丰满。”

“到底是谁在帮她按摩啊！”

“我也想帮她按摩啊！”

诸如此类毫无营养的对话，消散在了飘扬的海风中。我们从坡道下来，沿着海边的道路继续前行。从这里回头看去，能看到一排耸立在群山山脊间的白色风车，螺旋桨犹如时钟一般慢慢地回旋。那是一年前以实验性质安装的风力发电机，据说是因为茂下镇的海风十分稳定，正是布局风力发电机的理想位置。

从小看到大的景色，突然被一个个巨大的风车挤满了，当时还挺让人不痛快的，但现在我已经对这样的风景习以为常了。

“有近道！”

祐介踩着登山车从海边的道路直接穿过石头台阶，在海滨人行道上飞驰起来。

“太狡猾了！”

“臭小子，敢耍我们。”

我们三个人知道自己的交通工具比不上祐介，只能用手提着，越过台阶走到海滨人行道，然后紧紧追在祐介身后。

就在我踩下踏板，压下全身重量，准备给自行车加速的时候，忽地吹来了一阵猛烈的海风。顺着海风，我望向大海那边，站立在水边的一个模糊人影浮现在我眼前。

这么早就有观光客？我注视了一会儿，人影逐渐变得清晰起来。

白色的校服，不过膝盖的短裙，以及三股辫。

那是我的同班同学及川茅。

尽管隔得有些远，而且只是背影，但那毫无疑问就是茅。

茅踩着轻飘飘的步伐，在四角防波堤上踱步，宛如在海面上行走一般。逆光下的海面波光粼粼，她宛如电影或电视剧中的女主角，在海边漫步。

在她周围，时间仿佛变慢了一样，我无法移开自己的目光。

回头看我一眼吧……

我在心里偷偷祈求着。

“典道！要迟到了啊！”

却只换来了纯一的大声喊叫。

我直起身子，站起来骑自行车，同时最后一次回头看向海边。茅好像在海边的砂岩上捡起了什么东西。她用右手朝着太阳高高举起那个东西。实在是太远了，我没能看清那是什么。

但那个东西，不同于海面的波光粼粼，在荠的手里一闪一闪的，熠熠生辉……是我的错觉吗……

“击手，放马过来！”

“球！球！来呀——嘿咻嘿咻！”

“嘿哟嘿哟！嘿哟嘿哟！”

棒球队除了除夕和元旦（**注：日本的除夕是12月31日，元旦是1月1日**），一整年都不休息。明明是暑期的上学日，还在操场上拼命挥洒汗水，喊着莫名其妙的口号。

在一边看着的呆子们——也就是我们啦，已经把交通工具停在了便利店的停车场。在预备铃的响声中，我们磨磨蹭蹭地走向教室。

这时，纯一像个笨蛋一样问道：

“击手，是什么呀？”

“击球手吧？那干吗不说击球手啊。”

稔傻笑着回答道。

“球是？”

“不就是棒球吗？”

“嘿哟嘿哟！嘿哟嘿哟！又是指的什么？”

“鬼才知道。”

在属于足球一代的我们眼中，棒球不过是散发着大叔臭味的昭和运动。不过是因为茂下镇的商业高中曾在甲子园上获得过冠军，这里的人们至今更加喜爱棒球，而不是足球。

棒球队员全力以赴地追着滚到脚下的棒球，弄得满身都是泥。看着这番景象，我们不由得感慨起来——

“现在还剃个平头，简直难以置信。”

“玩棒球的那群家伙，肯定没什么女生喜欢。”

“完全不知道他们心里在想什么。”

虽然我们嘴上这么说，但不管是我还是祐介，或是纯一还有稔，都在小学低年级的时候被父母逼着进过棒球队。不过我们四人一点干劲都没有，一直把软式棒球当足球一样踢，也因此被教练以自愿退出的名义踢出了队伍。本来，我们从小就是好伙伴，在经历了这次事件之后，大家的友情变得比以前更深厚。

虽说我们的小团体里没有一个真正意义上的领头人，但一般来说，纯一总是那个提出要玩游戏或引出话题的人，而稔通常也会附和纯一。只可惜这类话题或游戏，还像小学生想的一样，幼稚程度让我和祐介近来稍微感到不耐烦。

“你们几个！动作快一点！”

一道明亮的喊声打断了我们的闲聊，是三浦老师。她踩着女式自行车从校门口向我们骑来。白色的衬衫完全遮不住丰满的身形，动起来格外性感。

“哇哦，今天也是晃晃荡荡的呢——”

“震度应该达到六了。”

“最后一名是谁啊？”

“纯一啊！”

“玩滑板怎么可能比得过你们啊！”

纯一一边不满地抗议道，一边笑开花似的跑向三浦老师，不一会儿就跳上了三浦老师自行车的后座。

“行了！快住手！”

纯一突然跳上后座的冲击力让自行车左右摇晃。趁着这时，纯一立马从后面抱住三浦老师。

“够了！”

三浦老师立即刹车，在她正打算用胳膊肘反击的时候，纯一嗖地一下从自行车上跳了下来，身手敏捷地向学校操场逃去。

“田岛同学！你给我站住！”

望着被自行车追得四处乱窜的纯一，我们三个笑得前俯后仰。

三浦老师继续追得纯一四处乱窜……

就在这时，纯一身边的一个女学生向我们走来。

那是茅。

茅无视从眼前横穿而过的纯一和骑自行车的三浦老师，一副事不关己的样子。对于正在追打的那两个人，她看都不看一眼，笔直地前进着。

茅的脸上挂满愁容，是我看错了吗？

那副神色，和在海边的她完全不同，和以往的她也有些不一样。

就在我思考着这件事的时候，铃声响起了。

吵闹的教室里满溢着暑期上学日独有的气氛，既有一丝兴奋也有一点害羞，更有一股怀念的味道。

荞坐在教室的中心，她身后一个胖胖的女生向她搭话：

“荞，这个暑假去哪里玩了吗？”

“没有，我还哪里都没去呢。”

“是吗，我下周要去迪士尼乐园哦。”

“真好啊。”

装模作样地问什么别人去了哪里玩，明明就是想炫耀自己下周要去迪士尼乐园而已！我内心狠狠吐槽道。

不过，荞笑着回答同学的样子和平时一模一样，完全没有忧愁的样子。

如此一来，刚才一掠而过的违和感是怎么回事？

这个学期以来，我都坐在窗边最后一排的位置，一直注视着荞。尽管平时只能看到她的背影，但当她向后传讲义时，又或者和旁边的人聊天时，我能偶尔看到她转身的样子，那个时候，荞的表情真是可爱得让我感慨万分，让我不禁感叹她还真是……可爱啊。

荞是在小学五年级的时候从东京转学来到茂下镇的，她和我在茂下镇从小到大接触过的女孩子截然不同。

那个时候我还是个小鬼，所以说不清楚……嗯，虽然现在也还是个小鬼吧，但即使是我这样的小鬼，也能感受到茅散发着完全不同的气息，带着大都市的时尚感。不论是穿校服的模样，还是穿运动服的模样，她都有着其他女孩子无法比拟的气质……升到初中以后，随着身体的成长，这份气质也越发……妈呀！我好恶心啊！但是，茅真的好可爱……

“及川茅真的好可爱。”

“什么啊？！”

坐在我身前的祐介突然对我这么说道，让我在惊吓中不由自主地发出了奇怪的声音。

“你在鬼叫什么啊？”祐介立马吐槽道。

为了不让祐介看出我因他的话语动摇的样子，我即兴发挥道：

“‘及川’(**注：日语中，将及川“おいかわ”拆开，就是“おい！かわ！”也就是“啊！可爱！”**)这两字……啊！可爱！”

“好冷的笑话啊……”

“话说回来，到底哪里可爱了？”

“我真的忍不住要去表白了。”

“那就去啊。”

自从升到初中，祐介就越来越毫不避讳地关注着茅。不仅如此，他还偷拍茅的照片，把照片整理成文件夹。他还对我这么说过——“如果我在睡前不看看她的照片，就会彻夜失眠。”当初听到他这么说，我还真的打了一个冷战，可说心里话，我其实很想让他把文件夹里的照片分享给我。

“我好想在这个暑假和茅单独去哪里玩啊。这么说来，今天还有烟花大会呢。”

“所以你去表白不就好了吗？”

“你说得倒是容易！要是我表白后被拒绝了怎么办？”

“鬼才知道！”

“你倒是替我去说啊。”

“那好吧……茅同学，祐介他一直想对你说……”

“什么？说什么？”

“你是全世界最丑的丑女呢！”

“你在瞎说个什么！”

“不客气，不客气——”

我们这番有的没的吵嘴都已经吵好几个月了。接着，如同往常一样，每当三浦老师走进教室，就标志着我们的“战争”要告一段落。

“好了，大家坐好！”

分散在教室各处的学生们陆陆续续地回到自己的位置上，但不等大家坐好，向来急性子的三浦老师就开始教导我们：

“今晚，茂下神社将举办庙会和烟花大会，到时一定会有不少人去游玩，所以我希望同学们，即使和自己的朋友一起去，也不要玩得太晚……”

稔一直在等待着这一刻，他看准时机，突然直起身来，捉弄老师道：

“老师打算和谁去吗？”

三浦老师不但性子急，还一点也不擅长说谎：

“什么？”

这番可疑的回应立刻让教室炸开了锅，纯一立即趁热打铁：

“除了和男朋友还能有谁？看完烟花之后肯定会和男朋友亲热亲热吧。”

“田岛同学！你给我适可而止！再这样说话，我就要告你骚扰了！”

“那我就告老师以大欺小！”

三浦老师走下讲台，朝着纯一的座位走去，上半身撩人地晃动了一下。

“不知道那些‘丰满型’烟花，到底有多大呢。”

“田岛！”

教室立马响起爆笑声，在笑声中，三浦老师和纯一你追我躲，教室里鸡飞狗跳的。

闹剧中，我发着呆，心想纯一那小子又要被请家长了……目光不知不觉地就被四处乱窜的两人吸引，四处游荡。这时，我发现茅正望着我这边。

什么？不只是望向我这边，还看着我……

在这个学期里，我一直注视着她的背影，从未如此面对面地看她。这还是我们两人头一次四目相对，互相注视着对方。

荠似乎察觉到自己被发现了。虽然她面无表情，但眼睛深处好像隐藏着别样的感情，她仿佛在向我传达着什么，祈求着什么。

不过，那只是一瞬间发生的事……也只有一两秒的样子，很快，她就别开了目光。

我困惑地一直盯着她的背影，但荠再也没有回头看我一眼了。

“田岛！你今天要请家长了！”

我的目光再次被吵吵闹闹的三浦老师和纯一吸引，可就在这一刹那，一道不可思议的光突然在我的视野中闪现。那道光来自荠的绗缝（**注：用长针缝制的有夹层的纺织物**）包包。绗缝包包就挂在她书桌边的钩子上，包的下侧包裹着不可思议的光芒。

不对，准确地说，那并不像是被包裹着，而是包里的某种物品正散发出朦朦胧胧的光芒……

那到底是什么？

我被光芒深深吸引住，像是要被它吞没一般，浑身动弹不得。就在这时，三浦老师终于逮到了纯一，这一动静猛地让我清醒过来。

“别呀，老师原谅我吧——典道，快来帮帮我啊。”

三浦老师不轻不重的拳头落在纯一的头上，教室的大笑声随之达到高潮，一年C班的日常闹剧也落下帷幕。我把目光从被抓住小尾巴的纯一那里收了回来，再次向荠的包望去，但光芒已经消失了。

嘎吱嘎吱——铁门发出了巨大的声响。

我们推开了满是铁锈的大门，眼前是一道浅蓝色的阶梯，不过上面的涂料几乎掉光了。飞跃过阶梯，我们跑了上去。雪白的云朵飘荡在蔚蓝的天边，周围的树木郁郁葱葱——而这一切，都被映照在了水面上。二十五米长的泳池静静地出现在我们眼前，仿佛是在等待着我和祐介一般。

“真的不去搞清洁吗？”

“这可是负责泳池的值日生才有的特权。游泳部的那些家伙肯定每天都做清洁，所以没事的。”

“说的也是——”

一想到广阔的泳池即将只属于我们两人，我和祐介就忍不住窃笑起来。

我们脱掉运动服和脚上的运动鞋，穿上学校要求的，丑得要死的游泳比赛裤，把泳裤腰间的绳子系得紧紧的，再戴上护目镜，迫不及待地打算冲入泳池。

“好烫！”

“怎么会这么烫！”

从早上起，泳池的侧边一直被阳光烤炙，散发出阵阵热气。虽然还不到烤死人的地步，但光着脚走路恐怕会叫人受不了吧。

“我们快点跳进水里吧……等等。”

“什么？”

“那是荠？”

我顺着祐介的视线，朝泳池的正对面看去。

“什么……”

在二十五米的前方，荠正坐在跳台上。

荠穿着泳衣，胸部微微地鼓起，已经略微发育的圆润身形展现出从腰身到大腿侧的曲线，纤细又紧实的小腿引人注目。

她的双脚前后晃动着，悠悠地搅动着水面。水面反射出的光被打碎，照射在荠的脸上，变幻无穷。

“她今天也值日？”

“不对吧，今天只有我们两个。”

“啊，是社团活动吗……今天游泳部有活动吗？”

“我怎么知道。”

“不说了，我去一趟厕所。”

“什么？你搞什么啊？”

“看到她，我突然想去上大号。”

祐介走起来的模样，就像双手双脚被突然拉直的棍子一样。

“你在搞什么鬼啊。”

从幼儿园时期到现在，一遇到出乎意料的状况，祐介就忍不住要去上厕所，这个毛病怎么改都改不过来。甚至有一次，具体的时间我也记不清了，只记得那是一场足球比赛，因为对方犯规被判了点球，在裁判吹起哨子的同一时刻，祐介就火急火燎地朝厕所飞奔而去。

祐介以奇怪的姿势离开了泳池边，于是我再次把目光投向荠那里……咦，这家伙在做什么呢？

荠完全把跳台当成自己的床铺，仰面躺在上面，沐浴在盛夏——烈日炎炎的阳光中。

在周围吵闹的蝉鸣声中，只剩我们的世界越发显得安静起来。

咦，这是什么情况？我是不是得做点什么？

如果只是在这里傻傻地站着等祐介回来，那也太蠢了，况且荠应该也注意到我了，要是什么都不做，可能会被她认为是个奇怪的家伙。我一边在脑海中给自己制造理由，一边向荠靠近。

离她大概只有两米的时候，我看到荠正闭着眼睛，而且嘴角边还挂着浅浅的笑容。

尽管我已经距离她这么近了，近得能把她脸上的表情看得一清二楚，但她离我好像还非常遥远。心里有个声音在提醒我不能再靠近她了——于是，我停下了脚步。

“呃，你这是在晒太阳吗？”

问话声小得连我自己都吃了一惊，但荠微微摇了两次头，算是回答了我的问题。

我故意清了清嗓子，又问道：

“嗯，社团活动吗？”

“才不是呢。”

“那就是……要游泳吗？”

“不游泳。”

“那么，你为什么在这里？”

“为什么呢……”

“我怎么知道啊。”

荠还是没有睁开眼睛。

“为什么，我会在这里呢？”

“……”

如此既没有槽点，也没有吐槽的相声，让我实在接不下话，周围再次陷入一片沉寂。对于荠为什么会在这里，我一点头绪都没有，更加不可能回答出她内心所追寻的答案。我只能把蝉的大声合唱当成背景音乐，继续沉默下去。

这时，一只蜻蜓从我眼前飘过。

蜻蜓在水面上点了两三次，接着飞向荠的身边，围着她飞舞起来……最终，蜻蜓落在了她泳衣的肩带上。

也不知荠发觉了没有，她不动声色，一脸若无其事的样子。

“喂……”

“什么？”

“停在你身上了。”

“什么？”

“白尾灰蜻。”

“帮我拿掉。”

“什么？”

“你去抓住它啊。”

茅对我这么说的时候，依旧没有睁开眼睛。

她那不可思议的音调，听起来就像撒娇一样，温柔地命令着我。

我虽然很擅长捉蜻蜓，可停在人身上的蜻蜓实在是……我战战兢兢地走向茅，越发清晰地看到她全身横躺在跳台上的身姿。

游泳课的时候，男女是分开上课的，所以我还是第一次近距离看到穿泳装的女生。怎么说呢，总觉得我眼前的景象非常的诱人啊……不对！我到底在想些什么呢！话说，蝉鸣也太吵了吧！

我把脸微微别了过去，同时向茅的脖子伸出了手。

不用想也知道，茅微微鼓起的胸部进入了我的视线。我的手指轻轻颤抖起来。

蜻蜓！现在得集中精神抓蜻蜓！

我一边提醒自己，一边伸长捉蜻蜓的手。大拇指和食指间岔开了七厘米的距离，正当我打算夹住蜻蜓翅膀的时候……蜻蜓挥动双翅，从我指间溜走了。

“哎呀——”

我抬起头向上看去，蜻蜓早已飞上了天空。

茅直起上半身，看着我一脸傻样追蜻蜓的样子，嗤笑道：

“逊毙了。”

“吵死了。”

我看着她回嘴道，与此同时，又一次不自觉地注意到她的胸部，只好再次转移了视线。我们如此近距离地谈话，恐怕还是升上初中后的头一次。

这时，在荠的脚边，一个说不上是圆形石头还是圆形球或是圆形宝石的东西，引起了我的注意。那个圆圆的球精致得不像出自大自然之手，球体色泽明亮，拥有难以用语言形容的独特花纹。

“咦，这是什么？”

“这个呀……早上，我在海边捡到的。”

荠拿起那个奇异的球，递到了我的手上。

早上我看到的那个不可思议的东西，大概就是这个吧。这个球大概和网球差不多。在荠的手中，它似乎还显得有点大，但到了我手里，就显得小了一点。重量的话，和我看到它时估计的重量差不多，既不重，也不轻。拿着它的时候，有一种不可名状的奇特触感。

“这是石头，还是玻璃？”

“不知道，只是看它很漂亮就捡回来了。”

“这样啊……”

我把球举起来，在太阳的照射下，它的色彩愈发不可思议起来。确实很漂亮啊。

就在我们两个仔细凝视着手中的球时，铁门吱呀吱呀地响了，我慌忙把手里的球还给荠，快步走向泳池边，回到我原来站的位置。走的时候，我还不忘回头偷看荠，只见她仍然注视着手中的球。

再次回到泳池的祐介一副异常神清气爽的样子。他高兴地向我报告道：

“大号没拉出来。”

“咦，这样吗……”

我本该立马吐槽他一句：“那你一脸清爽个什么劲啊！”可在我的脑海里，荠的话语挥之不去——

“为什么，我会在这里呢？”

不知道为什么，荠说过的话再次在我脑中回响。

祐介丝毫没有察觉我的心绪起伏，开始转动我的胳膊。

“不过，我有一个好点子。”

“什么好点子？”

“我们来赌点什么吧，来一次五十米游泳比赛怎么样？”

“嗷，好呀！”

为了掩饰自己因为荠而心神不宁，我如此大喊。也不管什么是“不过”，也不清楚自己为什么叫出“嗷，好呀”，我故意表现出一副斗志高昂的样子。

说着，我们戴起护目镜，站到跳台上。祐介又对我说道：

“如果我赢了……你就给我买一本最新的《航海王》。”

“没问题，小事一桩！”

“那么，如果你赢了想要什么？”

“要是我赢了……你就向荠表白。”

“什么？”

祐介既不答应也不拒绝，还没等“一起跳”的口令，他就提前跃入泳池。我不禁焦急地大叫道：“喂！你搞什么鬼？！臭小子，你太狡猾了！”

大概游了五米，祐介从水中浮出脸来。

“你刚才是在开玩笑吧，你根本不想看到荠被人抢走，不是吗？”

扑通！

一瞬间，我的心猛烈地跳动了一下。

这个家伙根本没去拉什么大号，难道他从一开始就在偷听我和荠的对话吗？

“啊，你在说什么啊？”

“你刚才和荠在说些什么吧。”

祐介爬上跳台，犀利地吐槽道。尽管他的目光被护目镜挡住，但仍然能看出他非常认真。

“才没有，我们又没说什么……”

“原来你也喜欢她啊？”

“你在胡言乱语些什么呢？”

“……”

“……”

一道异常欢快的声音打破了我们之间短暂的沉默。

“你们在说什么五十米呢？”

脚底踩在泳池边发出啪嗒啪嗒的声响，茅慢慢向我们走近，并最终停在了跳台的侧边。

“我也要参加。”

“啊？不不，这是我和祐介之间的较量。”

“嗯，是啊。”

可她根本没把我们的话听进去，自顾自地站在了跳台上。

“你们赌了什么吗？”

“嗯，这个嘛……”

《航海王》什么的告诉她也无妨，可是赌上了“向你表白”这种话，怎么可能说得出口。更让我在意的是，茅现在的神色与声调，和刚才完全不一样，仿佛是另外一个人。

“那么，如果我赢了，你们都要听我的。”

“凭什么啊？”

“就这么定了哦，我说什么都要答应哦！懂了吗？”

“啊，好……”

“懂了……”

我和祐介当然没听懂，但在她不容拒绝的气势下，我们同意了她莫名其妙的要求。什么都答应，这个范围也太广了吧。

“那我们开始吧！”

茅已经非常娴熟地摆好了准备起跳的姿势。

这都什么跟什么啊？事情怎么会变成这样？

我目瞪口呆地和祐介对视了一眼，只听到茅的一声“预备”，我也在慌忙中做好了前屈的姿势。

“跳！”

我们三人一齐跳出。

尽管只是起跳后跃入水池的这一小段，茅甩开我们的距离也一目了然。从水中看去，她的泳姿真是漂亮得无可挑剔，甩开我们的距离也越来越远。我与祐介两人则不分上下，我开始全力以赴地划动双手。

茅已和我们拉开了五米的距离，她一个优美的转身，借用踢向池壁的力道转动身体——真是完美的动作。水中咕噜咕噜鼓起了不少气泡，三股辫也随之摇动，茅朝我们这个方向游了过来。

就在与她擦肩而过的那一刻，我们四目相对。

今天早上在教室是第一次，刚刚在泳池边是第二次，在这一刻是第三次。

在各种场合下，茅的眼神都不尽相同，其中传递的意思也千差万别。这次我感觉，她的眼神是想向我传达些什么。也说不清是什么原因让我会有这种想法，但我确实感觉到了。

也就是在那一刻，我注意到茅根本没戴护目镜。

什么？这家伙什么都不戴就下了水吗……

脑子里思考着杂七杂八的事情，让正准备转身蹬壁的我动作变形了，双脚也不自然地拐向了奇怪的方向。当我察觉到的时候，已经晚了。

咚！

“好痛！”

转身时在水中踢出的双脚狠狠地撞上了泳池墙壁的边缘，脚跟感受到的剧烈疼痛传遍全身。我这么一撞，荠自然甩开了我十万八千里，连祐介也似乎和我拉开了二十五米的距离。

这时，一个球出现在我眼前。球在咕噜咕噜不断破裂的气泡中慢慢下沉——那不就是荠一直凝视着的球吗？可能她把球放在了泳池边，在我猛地撞到池壁后，碰巧掉了下来。我条件反射般向球伸出手，可它突然不再下沉。

什么？

不只是不再下沉——

球不仅左摇右晃地在水中摆动，还慢慢旋转起来，发出朦胧的光芒。

它仿佛变成了台灯中的透镜，像探照灯似的点亮了泳池，整个世界仿佛进入了慢镜头，而那个球则在其中慢悠悠地下沉。

这是怎么回事……莫非是穿透水中的阳光，在球的折射下引发了这种玄妙的现象吗？

我不自觉地抓住那个球，光芒就随之消失了。

憋了这么久的气，我开始渴求空气，于是急忙抬起头呼吸。从水面上望去，已经到达终点的荞与祐介似乎在交谈着什么。

那小子，该不会真的向荞表白了吧？

我手里拿着球，继续以自由泳的方式游向终点。

在我使尽全身力量游到终点后，一抬头便看到浑身湿漉漉的荞正在泳池边俯视着我。我急忙搜寻另一个人，只见祐介就在一旁，面无表情地正准备沉到水中。

“喂喂！”

我慌慌张张地打算拉祐介上水，这才注意到自己手里还拿着那个球。荞也注意到这一点，于是气势汹汹地向我伸出手：

“还给我。”

一时间，我没能明白她的意思，所以莫名其妙地问道：

“什么？”

“那个，是我的。”

她加重了语气。

我自然知道那是她的东西，刚才正是她拿出来给我看的，但她真的这么爱惜这个东西吗？

尽管一头雾水，但我还是轻轻地把手中的球还给了她。荞一拿起那个东西，便头也不回地走向泳池出口处。而我，只能呆呆地浮在水中，任由她离去。

不明就里的谈话，莫名其妙的五十米比赛——荞她到底是在做什么呢？

到头来，我们还是没有打扫泳池。宣告放学的铃声响了，在丁零丁零的铃声中，我和祐介向教室走去，从泳池一直到走廊，我们之间没有说过一句话。

“喂……”

“干吗？”

“发生什么事了？”

“咦，你指什么？”

不用说，那模样十分可疑。

自从祐介在泳池边和荠单独交谈后，他就一直木头木脑的样子。我干脆一口气把心里最在意的事问出来了：

“你刚才，是对荠表白了吗？”

“啊？才没有！怎么可能啊！你白痴吧！”

甩下这句话后，祐介一刻不停地快速跑开了。

“啊，不是……抱歉。”

我被他这突如其来的举动吓到，傻呆呆地追在他身后。

一进教室，我就听到纯一和稔正与和弘在黑板前争论着什么。

“是圆的！”

和弘尖锐的声音在教室里回荡。

和弘是我们班读书最认真的家伙，这人不但性格一本正经，还一碰就着火，极其容易发怒。

也不知他们在争论什么，纯一捉弄着和弘，故意刁难他说：

“当然是扁的啊，笨蛋！”

“肯定是圆的！你自己想一想，那可是火药爆炸，除了是圆的还能是什么样的！”

注意到我和祐介进了教室，纯一突然向我搭话道：“喂，典道你倒是评评理，从侧面看烟花的话，是圆的还是扁的啊？”

忽然被他这么一问，我也只好应和道：

“说什么呢？冲天炮那种烟花吗？”

听我这么随口一答，在纯一身旁一直帮腔的稔立刻解释道：

“不是啦，是升到空中的大烟花。就是今晚的烟花大会上放的烟花。”

“升到天空中的烟花吗？嗯——应该是扁的吧。”

我再次随便地回答道。

听到我这么回答，纯一立刻像占到优势一样又开始刁难和弘。

“你看嘛。”

“瞎扯什么呢！当然是圆的啊！这不废话吗！”

“祐介，你怎么看？”

此时，祐介已经回到自己的座位，还背好了书包，兴致索然地回答道：

“什么？不知道。”

他那毫无兴致的口吻有如火上浇油，和弘越来越激动，忍不住吼道：

“你们傻了吧？连电光花（**注：一种烟花，也称小嗞花、星星棒、烟花棒、仙女棒等**）看起来都是圆的啊！”

“巨大的烟花可就不一定了！”

纯一加强语气反驳道。

“这么说，你们见过扁扁的烟花吗？”

“我见过。”

即使比对方矮了三十厘米，人短气不短的稔面对着和弘依然自信满满地宣称道：

“去年我在爷爷家看烟花大会，那个时候，在庭院里看的烟花就是扁的。爷爷还对我说：‘因为角度不好，所以看起来才是扁的。’”

“看吧！老爷爷说的肯定是对的，不听老人言，吃亏在眼前。”

“我看你爷爷是老糊涂了吧！”

“才没有！有时还是清醒的！”

“简直不像话！”

“那我们干脆少数服从多数好了！”

“这和少数服从多数没关系！烟花只能是圆的！”

“好，觉得是扁的人举起手——”

这些笨蛋在搞什么呢？这场争论真是毫无意义。

看来从刚才开始，这群人就在争论在不同角度看到的烟花，到底是圆的，还是扁的。

刚才撞到池壁的脚跟开始隐隐作痛，我实在没心思理会这群傻瓜，只想快快回家。

我把目光从这场无聊的表决中收回来，转眼看到已经换上校服的茅正踏入教室门口。

茅先是走向自己的书桌，这次她没有看我，而是和祐介对视了一眼。虽然茅一直注视着祐介，可祐介似乎感到很尴尬，移开了目光，转而看向窗口。

不会错的，这两个人在泳池边一定发生了什么……

就在我这么想时，茅已经整理好了，她拿起包一言不发地走向门口。就在她要踏出门口，消失在走廊的时候，居然又回头看了我们一眼。但这次我无法分清，她是望向了祐介还是望向了我。

被茅打开的门依旧敞开着，我的目光还停留在她离开的地方。这时，和弘的话让我回过神来。

“那好，既然你信誓旦旦地这么说，那我们就来赌一赌吧。”

冷静下来的和弘如此说道。

“好呀——如果烟花看起来是扁的，那我们所有人的暑假作业都归你做。”

虽然我对他们有关烟花的争论毫无兴趣，但纯一这回还真是提出了一个好点子。

“好呀！好呀！不错啊！那就这么决定吧！”

对于暑假作业一点儿都没有做的我来说，这还真是捡了个大便宜。我一改以往冷淡的态度，立马参与到这场白痴的争论中。

“那如果看起来是圆的，你们要怎么办？”

“那我就把三浦老师微微走光的照片给你。”

纯一举起自己的手机这么说道。

班里的人大多都知道，和弘对三浦老师怀着淡淡的爱慕之心。

“什么?!你有这样的照片？”

“我之后会弄到手的。”

“要怎么弄到手？”

……

我听着他们胡闹的对话，发现了一个问题。

“我说，要怎么才能从侧面看烟花啊？”

“小菜一碟。”

和弘走近贴着茂下镇地图的墙壁，自信十足地说道：

“听好了，你们好好看看这个茂下镇的灯塔，它刚好建在海岸的正侧面。”

今天晚上，烟花大会将在茂下海岸举办。在海岸边有一个半圆形的海湾口，烟花从海湾口正中央的小岛上发射到天空中。一般来说，所有的观众都会在海岸那边欣赏这次烟花大会。

“既然烟花是从茂下岛发射出去的，也就是说，灯塔那儿就是从侧面看烟花的绝佳地点。”

和弘用手指撑着眼镜的边框，泰然自若地说道。

此时，纯一以毫不示弱的气势，态度强硬地回答道：

“那就这么定了！今天晚上大家一起上灯塔吧！”

“啥，大家一起去？”

我本以为能占到便宜，才不经深思熟虑就起哄加入这场争论，现在变成这样，让我不禁暗暗后悔起来。仔细想想，去灯塔的话要走不少路。说起来，那段路可是学校举办冬季马拉松的路线啊。我突然想起被冬季马拉松控制的恐惧，但这个时候才阻止纯一已经太迟了。

“废话！祐介，你小子也会来吧。”

祐介一直没有参加讨论，纯一突然搭话的声音似乎把他吓到了，所以一时间显得目瞪口呆。

“啊，去哪里？”

“当然是灯塔啊！你到底有没有在听啊？！”

“我们要去实际见证一下，瞧瞧烟花到底是圆的还是扁的。”

大概是被纯一与和弘不由分说的气势压倒，祐介慌忙答应道：

“啊，嗯。我去的。”

“好嘞！那我们五点钟在茂下神社集合！这暑假可算是四处都溜达了。”

“溜达不了的啦！还有，你这家伙说要去拍三浦老师的照片，是真的吧？”

纯一和稔兴致勃勃地击起掌来，完全把和弘的话当作耳边风。

“算了，条件是帮忙做作业也好……”

祐介从窗边望向学校操场，闷闷不乐地说道。

“你怎么了，祐介？”

“啊？没怎么啊。”

“是吗？那你刚才一直闷闷不乐个什么啊。”

“我才没有闷闷不乐，别说这个了！我们去灯塔吧！肯定会很有趣的。”

“嗯，好的……”

不等我琢磨透他为何刚才还气急败坏，怎么突然就兴致高涨起来，祐介已经跟随着叽叽喳喳的纯一一伙人走出了教室。

搞什么嘛，那个家伙……

我向祐介刚才一直盯着的学校操场望去，棒球队一直在那里训练，而在正中央，有一个人正走着——那是茅。

她的背影，看起来好像已经下定了某种决心，正朝着目标风雨无惧地前进。

“那我们五点碰头喽！你们可别迟到了哦！”

祐介张开手，做出“五”的字样，还用异常明亮的声音喊道。接着，他便骑着登山车拐进了Y字形路口的右侧。

“咦，那个家伙干吗这么激动啊？”

“不知道……他刚才说自己的大号没拉出来。”

“原来是大号的力量啊。”

我们在Y字形路口正中央的山毛榉下目送着祐介，嘴里念叨着偏差值（**注：指相对平均值的偏差数值，是日本人对于学生智能、学力的一项计算公式值**）三十以下的弱智对话。在山毛榉前，已经锈迹斑斑的镇内宣传板上贴着今年烟花大会的海报：

希望之光 8月1日 茂下镇烟花大会 19–20时。

版面上五彩缤纷的烟花图案设计，大概在这一百年间都没有变过吧。

“不过，烟花就是圆的啊……”

稔一边在嘴里嚼着“嘎哩嘎哩君”（**注：日本琦玉县名产，国民级别的棒冰，物美价廉**），一边焦躁地嘟囔道。

“那也是从正面拍出来的烟花。从旁边看过去，你看，说不定真的是扁的！”

说着，纯一眯着一只眼睛从宣传板的侧边盯着海报。

“真的呀！”

“所以不去灯塔亲眼看看的话，还真不一定呢！嗯，典道，你怎么流血了？”

“什么？”

我看了一眼脚下，白色的袜子渗出了小滩血迹。

“这个啊，刚才在泳池转身的时候，撞上了池壁。”

“转身？什么转身？”

“就是，我的脚不听使唤，不小心踢了出去。”

“不知道你在说什么。”

“我也没懂。”

听着纯一的话，我的脑海里又浮现出了荠在水中的脸庞。尽管我们只对视了一两秒，可她的目光是那样强烈，让我产生了那两秒比实际时间更长的错觉。

“纯一，你能在水里睁开眼睛吗？”

“啊，不戴护目镜？”

“是的。”

“不可能的吧，眼睛会痛的。”

“也是啊，稔，你呢？”

“我小学的时候睁开过呢，在游泳课上，和大家在水里打架的时候。”

“啊，是有过呢。”

没错，我记得自己在那个时候还不太会游泳，只会在水中瞎扑腾。当时，大家好像抢着去捡老师扔进泳池的消毒剂来着。确实，我们那时根本没有戴护目镜，但水里的世界依旧清晰可见。

“那么，五点见喽。”

“好啊。”

目送纯一和稔踩着滑板与滑板车拐进Y字形路口的左边之后，我踩上了踏板。可就在我准备发力的时候，脚跟传来的痛感立即从隐隐作痛上升到了剧痛。我忍着痛，脑中还想着……

如今，荠所看到的水中世界，一切还是不是清晰透亮呢？

“临时休业”的木板在门口随风飘动，我走向店铺的后门，从邮箱里拿出钥匙。一打开门，夏日里的空房子中涌现出的那股独特湿气扑面而来。

“热死人了——”

我把被汗水浸湿的立领衬衫扔进洗衣机里，打开冰箱的冷藏库，搜寻着昨天还没喝完的可乐，却哪里也找不到。

咦，难道被老妈扔了吗？

我只好打开冷冻库，找到了老爸最爱的西瓜棒冰——刚好剩下最后一个。虽然我和“他”或者是“她”没能有一面之缘，但我真的很想称赞把西瓜棒冰（**注：日本有名的棒冰，设计为切成三角块的西瓜形状，里面的西瓜子则为巧克力块**）设计成方便入口的三角形，还想出在里面撒满巧克力的家伙是个天才。

我忍着渐渐剧烈的疼痛，拖着受伤的右脚爬上了楼梯。打开房间的隔扇，只见祐介正在我房里玩着马里奥赛车。

“呜哇！你吓死人了！”

“欢迎回来。”

我吓得连手里的西瓜棒冰都差点掉在地上。与我惊慌失措的样子形成鲜明对比，祐介却是头也不回，一边喝着可乐，一边继续玩游戏。

"'欢迎回来'你个头啦！你怎么跑到我家来了？"

"是你们太不小心了，在邮箱里放钥匙什么的简直老掉牙了。"

"那你也不能招呼都不打就进来吧，而且你干吗擅自拿我的可乐喝？"

"那么小气干什么？反正你五点前也没事干吧？真巧啊，我也没事做。"

"别把这两件事混为一谈。"

说着，我在祐介的身边坐下。他眼尖地看到了我手里的西瓜棒冰，眼睛闪闪发光。

"喂，也给我一个啊。"

"只剩最后一个了。"

"你小子懂不懂待客之道啊。"

他拿着手柄，大口咬下我的西瓜棒冰，笑着说道：

"我说，你觉不觉得把西瓜棒冰设计成三角形的家伙真是个天才啊？"

果然，我和祐介关系这么铁，就是因为在这种小事上臭味相投吧。和平常一样，刚才的争吵和不愉快转眼间烟消云散，每次吵完架再见面时，我们会像什么都没发生过一样。

我拿起另一只手柄，开启了游戏的对战模式。他选库巴，我选路易，这一点从以前到现在一点儿也没变过。

我和祐介沉迷在游戏的世界里忘记了时间，窗外鸣鸣蝉（**注：俗称“知了”**）的声音渐渐变小，转而变成秋蝉（**注：又名“日本夜蝉”，常在夏季清晨或傍晚鸣叫**）的高声鸣叫。

“喂，马上就到五点了哦。”

祐介一边用库巴使出漂移，一边回答道：

“啊——稍微晚一点去也没事吧。”

“喂，那不太好吧。话说，当初嚷嚷别迟到的人可是你啊。”

“你想想啊，烟花不论怎么看都是圆的啊。”

祐介一口气喝光塑料瓶里的可乐，似笑非笑地对我说道。

“咦，是这样吗？”

“当然啦……咦，等会儿，你认真的？”

“不，呃，也是……”

“你是不是傻？世界上哪有扁的烟花啊？那毕竟是火药在爆炸啊，不论怎么想都只可能是圆的吧。”

祐介捡起在房里滚来滚去的足球，然后递到我的手上。听到他这么说，我虽然觉得有道理，但总觉得无法心服口服。

“是吗……但是，在漫画里画出来的足球，有些不就是扁的吗……”

“所以说那些只是漫画啊，只是二次元好吗？”

“可是……如果真的是扁的话，那会怎么样？”

看着我打破砂锅问到底的样子，祐介瞠目结舌地说道：

“都说了，这世上不可能发生这样的事！”

“那你刚才为什么不跟他们直说？”

“啊？我那时不过是随便附和了几句啊。”

“是这样吗？”

“好啦好啦，差不多要走了。啊——啊，真是烦死人了。”

祐介关上游戏机电源，站起身子说道。

今天他的情绪就像过山车一样，莫名地一会儿高涨一会儿低落，让我摸不着头脑，但总得去会合。就在我们一起走到后门口时，一阵剧痛传来。

“好痛……”

我走出房门，准备换上旅游鞋，却怎么也穿不上。脚跟已经不再流血了，可伤口处居然肿胀了起来，不仅如此，那里还流着脓水，连我看着都觉得有点恶心。

祐介注意到我的伤口，立刻大呼小叫起来。

“喂喂！那是什么，好恶心！”

“我在泳池撞到了。”

“泳池？撞到了？”

“你不是也在吗？就是我们比赛的时候。”

“啊，什么比赛？咦，你在说什么呢？”

“你也在场的好吗？！你，我，还有及川！五十米游泳比赛。”

“鬼才知道嘞。”

看着他一脸正经的样子，我也分不清他是在装傻还是真的不记得了。反正也搞不明白他到底在想什么，我便放弃了追问。

“喂，你还是去看一下医生吧。”

“这点小伤用不着。”

“我看你什么都不懂，要是患上破伤风了，可是会死人的哦。”

“真……真的吗？”

倒不是因为他是医生的儿子我才相信，只是他说话的模样和口气实在是太有说服力了，我不禁有点害怕。

“你就去我家呀，找我老爸看一看就好了。我会和纯一他们解释清楚的。”

“咦，别呀，你和我一起去吧，而且我现在身上一毛钱都没有。”

“那就赶不上集合时间了。你快去吧，医药费以后再说。”

这个人刚才明明还在说迟到一会儿也无所谓，现在倒开始计较起时间来了。不过，他都说到这个份上了，我也不好意思不去。祐介好像察觉出我内心的想法，开始转动我的肩膀，并用温柔的嗓音说道：

“还有啊……”

“什么？”

“要是荠来我家了，就和她说我去不了了。”

“啥，你在说什么呢？”

祐介若无其事地放开了我的肩膀，我的大脑则陷入了混乱中。为什么荠要去祐介的家？去不了了又是怎么回事？

在我仍一头雾水的时候，祐介突然凑了过来。不知为何，他压低声音再次开口道：

“也不知道为什么，她问我要不要一起去烟花大会。”

“什么时候？”

“就在刚才。”

“刚才？”

“在泳池那儿。”

他这句话让我恍然大悟，那两个人在泳池的举动，还有祐介今天过山车一般的情绪波动，全都有了合理解释。果然啊！这两人之间当时肯定发生了点什么！

“你不是还记得吗？！话说，你倒是去呀，你不是喜欢她吗？”

“啊，说什么呢你？怎么可能？我什么时候说过那种话？”

“你不是一直挂在嘴边吗？”

“啥啊，哪有!”

“所以你倒是去表白啊，说你喜欢她啊，把你对她的感情都说出来！”

看着一直装傻的祐介，我越来越焦躁不安，说话的语气也越变越粗鲁。可祐介突然在原地轱辘轱辘转起圈来，大声嚷嚷道：

“开玩笑的，那是开玩笑的！我怎么可能喜欢那种丑女！你白痴了吗！哎哟，真是受不了你了，受不了。”

“什么……”

我目瞪口呆地望着他出乎意料的举动。

“那我先走一步啦！荠就拜托你喽！”

接着，他甩下这句话就匆匆跑开了。

搞什么？这家伙今天在搞什么鬼啊……

这家伙今天的所作所为都叫人摸不着头脑啊！

但比起这些，更叫我在意的是，荠为什么会邀请祐介去烟花大会呢？

难道说她喜欢祐介吗？

甚至比一天之内就对视三次的我还要喜欢？

“帮我拿掉……”

在泳池边闭着双眼对我说的话，又一次在我脑海中回响。

“你去抓住它啊……”

我拖着负伤的脚爬上坡道，终于走到安云医院门前。因为一路爬坡，伤口越来越痛，现在光是踏出一步，不只是脚跟，整条右腿都会传来阵阵刺痛。我一边担心着伤口会不会真的染上破伤风，一边打开左右对开的玻璃门——只见候诊室里还有一个人，如同祐介事前提醒我的那样，荠就坐在那儿。

她仿佛是为了躲避西沉的太阳，坐在了长椅的一端。

听到门打开的声音，荠抬起头。这是我们今天第四次四目相对。

妈呀……这家伙真的在这里啊，等等，她怎么穿着浴衣？

我还是第一次看见荠穿浴衣的样子，感觉和平日里的她极不相同。藏青色的浴衣配上朱红的腰带，透着成熟的气息。

这么说来，她应该是为了和祐介一起去烟花大会，才特意穿上浴衣的吧。

看到来的人是我而不是祐介，荠好像感到很意外。她一脸失望地望着我，那双眼睛似乎在无言地申诉着什么。

因为无法忍受这种视线，我逃向了接待处的小窗口。

“打扰一下，祐介让我来这儿看一下……”

因为嗓子干巴巴的，我用嘶哑的声音说道。

“什么？怎么了？”

在小窗的另一边，一个胖胖的护士边吃着煎饼边问道。孩童时我就认识她了，但我和祐介都不知道她的真名，只是“阿姨”“阿姨”一个劲儿地叫。

“没什么，就是脚受了点伤。”

“哎呀，那你快进来看看。”

“好的……”

察觉到荠的视线正射向我的背部，我慌忙地逃了进去。

因为只是在伤口上涂了点消毒液，所以整个治疗过程只用了一分钟。阿姨给我的脚跟包上纱布后，又缠了几圈绷带。我出神地看着自己被绑得严严实实的右脚。

“这点小伤，怎么可能染上破伤风啊，祐介这小子老是开这种玩笑……”

治疗室的地板上铺着练习高尔夫的垫子，祐介的父亲虽然正在打高尔夫球，对我说话的时候却一脸惊愕。我一时间也不知道该如何回复，只能随便糊弄几句。

“啊啊……好痛。”

“好啦，别乱动。”

一直以来，阿姨的疗伤手法都是这么粗暴，即使我连声抱怨，也还是一点改进都没有。

“那么，祐介他去哪里了？”

“嗯，好像去烟花大会了……”

给我包扎完伤口的阿姨突然插嘴道：

“是呀，这么说来，刚才和他一个班的女生来找他了哦。”

“真是的，这小子去什么烟花大会……整天就知道玩，所以我才说让他去上私立中学。”

祐介的父亲嘴里不停地发着牢骚，新打出的球依旧偏离了练习垫的方向——至今为止，他仍然一球未进。治疗室的地板上滚动着好几个球，我百无聊赖地看着在地上滚动的球——理所应当圆圆的球。突然间，我联想起了茅手中的那个不可思议的球，还有海报上的烟花照片。

“请问，烟花到底是圆的，还是扁的呢？”

“什么？”

我无意中脱口而出的话引得两双眼睛直直地注视着我。我只好慌忙改口道：“啊，不，没什么……”立马收回了我的话。

我回到候诊室，茅还保持着刚才的姿势坐在长椅的一端。这一次，她没有望向我，而是死死盯着地板的缝隙。

“还要给你开点药，在这儿等一下哦。”

“好的。”

听完窗口后方阿姨的吩咐，我不自觉地坐在了远离茅的另一端。秋蝉的声音在候诊室里此起彼伏，试放烟花的爆炸声也从远处传了过来。

……

……

三十秒……一分钟……阿姨，你倒是快点开药啊！

我怀着祈祷的心情看向小窗口，可小窗的挡板仍旧没开。我又偷偷地向旁边的茅瞄了一眼，可她根本就没看过我一眼。

古旧的挂钟发出咔嚓咔嚓的声音，我们之间的气氛越发尴尬起来。汗水滑过我的脖间，我再也忍受不了，开口道：

“你是……在等祐介吗？”

也不知道是听到了还是没听到，荠一点反应也没有。我装作满不在乎的样子，努力用显得平静的语气来告诉她事实：

“他不会来了。”

“是吗……”

荠冷淡地回复道，看都没看我一眼。她提着手提袋，站起身子，啪嗒啪嗒地就踩着草屐走了。

搞什么？那个大手提袋是什么？那家伙准备带着那个东西去烟花大会吗？

烟花的试放好像结束了，候诊室再次陷入一片蝉鸣声中。

这时候，阿姨才终于在小窗口露出脸来。

“好了，这是你的药，记得下次交医疗费哦。”

“啊，好的……”

我把装药的袋子放进口袋，走到门前，转动起大门的把手。那把手上，还残留着荠手掌的温度……

来到室外，海风呼呼地刮过坡道，气温比之前明显下降了。

要去神社吗……那群家伙，现在还在那儿吗……

还是说直接去灯塔和他们会合比较好呢……

我拿不定主意，嘴里小声嘀咕着。刚走下坡道，我就看到前方伫立着一个人，那是比我先出门的荠。她正低着头，摆弄着脚趾间红色的草屐带子。

“咦？”

我不自觉地发出了声音。

听到我的声音，荠抬起头。

越过荠的身影，我看到坡道下的汪洋大海渐渐染上了一层浅浅的橘红色。

而在橘红色的天空与深蓝色的大海之中，身穿藏青色浴衣的荠仿佛割裂了夜空一般飘浮其间。海风吹乱了她的头发，她凝视着我，锐利的目光仿佛要刺穿我一样。

如同电影画面的这一幕，瞬间让我看得出神。

悄无声息间，荠打破了沉默。

“能陪我一下吗？”

“什么？”

“要不要……一起走一会儿？”

“呃……好，嗯……”

我茫然地跟着她一同走下坡道，走出了Y字形路口后，我们和熙熙攘攘的人群一起向观看烟花大会的海岸走去。

目前是什么情况？为什么我现在会和荠走在一起？

不去神社真的好吗？那些家伙这个时候在干什么呢？

我大脑里堆积着一堆问号，却连一个解决办法都想不到，更不知道要如何向荠搭话。自从说出“要不要……一起走一会儿”之后，荠到目前仍然一言不发。

果然还是得先由我开口吗……就在我正要出声的时候……

“如果……”

茅转动着手提袋，在我前方两米左右走着。她目视前方，用细如蚊蚋的声音说道。

“什么？”

为了听清她的声音，我向前走近了几步。

“如果，我邀请的是岛田同学，结果会不会不一样？或者说，你还是会像安云同学一样……逃跑？”

“……”

“我打算邀请赢的那一方去烟花大会。这是突然在我脑海里冒出来的主意。”

“……”

听到我以沉默应答，茅停下脚步，回头看着我。

“我还以为岛田同学会赢呢。”

“……”

“为什么你输了呢？”

两人直接面对面，她凝视着我的眼睛，那眼神仿佛在说自己无法饶恕任何谎言，只愿意听到真实的答案。但在那一刻，我搜肠刮肚也不知道该如何回答她，只能说出像借口一般的回复。

“那是因为……及川你游得太快了……我有点着急……”

听到让她丝毫不满意的答案，茅放下了手提袋，直直向我这边逼近了两三步。被她的气势吓到，我不由得向后退了几步。

“这是我的错？”

“……”

“全部都是我的错？”

“……”

等等，等一会儿！你突然这么说我也没办法啊……而且，茅你真的认为我会赢？结果我输了，所以就邀请了祐介？也就是说……啊！我也被搞糊涂了啊！

在夕阳的逆光下，茅的脸部轮廓越来越清晰，而且她的眼眶好像微微湿润了。她哭了吗？

我知道自己必须说点什么，可大脑一片空白，我一句话都说不出来。

我不禁别开了目光，被扔下的手提袋突然闯入我的视野。我绞尽脑汁，打算尽可能地把泳池的话题转移到手提袋上。

“话说，那是什么啊？”

“你说什么？”

我知道自己转移话题的方式太过拙劣，茅不满地皱起了眉头。我慌忙指着她身后的手提袋，补充道：“就是那个手提袋啊。”

像是被我的话提醒了，茅转身拿起手提袋，接着继续向前走了起来。我慌慌张张地跟在她身后。

“你觉得是什么？”

茅回过头，恢复了以往轻快的语气，刚才严肃的气氛仿佛只是一个玩笑。但她现在的语气，和以往开玩笑的语气相比又有所不同。

“我哪里知道。”

“我离家出走了。”

离家出走？听着她毫无预兆，还一脸轻松地说出这句话，我以为她又在捉弄我，于是笑着问道：

“哈哈……真的假的？”

“真的哦。我要离开——离开这个小镇。”

尽管脚步很慢，但茅并没有停下前进的步伐，看起来真的是要一步一步离开小镇。我试探地问道：

“你是开玩笑的吧？”

“嗯，开玩笑的。”

“啊，到底是真的还是假的？”

“是真的还是假的呢。”

又来这一出啊……不过，和白天那场超现实主义的相声对话相比，茅这次回答的声调又微微有些不一样。

我看不到你的脸，怎么可能知道你真实的想法啊——我在内心吐槽道。

她停住了脚步，然后回过头面向我。

没想到内心许的愿望突然实现了。她现在完全背对着西沉的太阳，夕阳中只留下一个深深的黑色剪影，即使看得不太清楚，我也明白我们正静静地注视着对方。

“你知不知道为什么我会认为赢的人是你？”

她那满含泪光的双眸像镜子一样，映照出了我穿着低领T恤的样子。

“不，我不知道啊……”

突然，荠的背后响起了一声仿佛要撕裂空气的叫喊声。

“荠！”

我抬头望去，只见一个人正快步向我们这边走来……那个人看起来应该是……荠的母亲。因为隔得有点远，我不是很确定，但听她的声音应该是发生了不得了的事情。

咚咚！

我还在一旁傻呆呆地站着，突然感觉到一阵沉闷的撞击。荠不容分说地把包推给我，然后踩着草履跑了起来。

“荠，你给我站住！”

荠的母亲穿着凉鞋快速从我面前经过，一下子就追上了前方十五米穿着草履逃跑的荠。

“荠，你到底在想些什么呢？！”

荠扭动着身体，拼命地抵抗。

“不要！放手！放开我！”

但是紧紧抓住荠领边的手丝毫没有放松的迹象。

“你给我适可而止！你这孩子老是这样！”

“吵死了！放开我！放开！”

我全身僵硬，像化石一样呆住，这还是我第一次在屏幕以外看到女人之间的争吵。荠向来不是眼前这般粗鲁暴躁的人，尽管没见过几面，但荠的母亲也从未有过如此歇斯底里的样子。

最终，不知道荠是没了挣脱的力气，还是没了挣脱的意愿，就这么被她母亲拉着衣领拖着走。我刚向她们走去，荠就像想抓住最后一根稻草似的，大声喊道：

“典道同学，救救我！”

“什么？！”

荠的母亲听到后，恶狠狠地瞪着我。听到荠突然直呼我的名字，又被她母亲这么一瞪，我内心迟疑起来，身体彻底僵硬，动弹不得。

“手提袋给我！”

她的母亲向我伸出手来，我则用双手紧紧抱住手提袋。也不清楚为什么，我就是觉得不能放开怀中的手提袋，无意中加大了抱住手提袋的力度。

“快点放手！”

荠的母亲边说边用力拽住缠着丝巾的提手处，我扭着身子极力反抗，却仍然敌不过一个大人的力量。拉扯中，手提袋从我怀里被抢了过去。在两股力量下，手提袋不仅被扯开，还重重地摔落在地上，里面装的东西散落一地。

在全力争抢的反作用力下，我的身体无法控制地向后倒去，视野中周围的一切好像都变慢了——衣服，小钱袋，小巧的玩偶都像慢镜头中的场景一样，从包里四处散落。

“不要！我不去！我不想回去！”

荠被母亲拉着拽着，她撕心裂肺的哭叫声刺激着我的耳膜。

面对这完全出乎意料的状况，我脑子里一团混乱，意识还未清醒的我只能跪坐在原地，呆呆地看着荠被她的母亲向Y字形路口的方向越拖越远。

就在荠的身影消失不见后，我身后响起了熟悉的声音。

“喂！那是怎么一回事？！”

我回过头去，纯一他们向我跑来。大概是因为从头到尾看到了事情的经过，所有人都显得异常兴奋。

“刚才发生了什么事？那家伙看起来好可怕！”

“她老妈也不是省油的灯！她到底闯了什么祸？”

“喂，典道，你为什么会在这里？”

见我没有发话，他们也不再追问，于是自顾自地玩闹了起来。纯一揪住稔的衣领，笑着模仿荠的母亲。

“你这孩子真是的！”

“住手！放开我！”

“真是太好笑了！”

只有祐介没有参与到这场即兴模仿秀中，他站在一旁，凝视着Y字形路口的方向。

我猛地对祐介感到怒不可遏。

我自己也不知道为什么。

“别看了！”

我直起身子朝祐介脸上狠狠地挥出一拳，然后以起身惯性乘势压在他身上，又用拳头狂轰猛炸一番。

我自己也不知道为什么。

但我心里就是无法饶恕看到荠那副模样的祐介。

在我的右手正要向祐介揍下第四拳时，纯一阻止了我。

“别打了！”

“你在干什么啊！”

和弘拉扯着我，打算把我从祐介身上拽下来，我用力挣脱他，大声喊道：

“放开我！”

倒在地面上的祐介用手捂着脸一动不动。

我和祐介之间的小打小闹已经是家常便饭了，但那都是闹着玩的。我们从未向对方的脸挥过拳头，可这一次不一样。

揍完人后，我的内心既亢奋又害怕，不知道如何是好，只好向着Y字形路口的反方向走去。

“喂！你这是要去哪儿？”

我毫不理会身后纯一的问话，头也不回地一直向前走。

荠散落在四处的衣服映入我的眼帘，T恤，连衣裙，鞋子，贴身衬衫，毛衣……那家伙是真心打算离家出走啊……

突然，我注意到，在一个沾满泥土而脏兮兮的玩偶旁，有什么东西正闪现着朦胧的光芒。

那不是……茅一直带在身边的奇怪小球吗？

我捡起小球，它散发着微弱的红色、绿色和黄色的光芒，摸起来还有点烫。

“你知不知道为什么我会认为赢的人是你？”

她的话又在我耳畔回荡起来。

要是……要是我那个时候……

我举起手，用力地握住小球。像是感应到我的感情一样，小球的光芒突然变得刺眼。

要是那个时候我赢了祐介……事情会变成怎么样呢？

“喂！你小子到底打算干什么呢！”

“典道！你倒是回话啊！”

我转身面向离我越来越近的纯一一伙人，挥舞着手臂，同时大声吼道：

“要是我那个时候……”

【Y字形路口的附近】

典道，边大叫边掷出小球。

球，在空中像灯塔一样散发出透镜般的光芒，在夜幕中回旋。

“呜哇！”

纯一他们躲开了。

球，穿过纯一一伙人，砸中了Y字形路口烟花大会的海报。

刹那间，球发出的不可思议光芒越来越刺眼，周围仿佛变成了异次元空间。

典道，祐介，纯一一伙人被球笼罩。

远处风力发电机的螺旋桨慢悠悠地停了下来，开始反方向转动。

镜头闪现——

典道打碎鸡蛋把蛋黄加在咖喱上的景象开始退回到鸡蛋壳完好如初的样子。

祐介父亲打出的高尔夫球退回原处。

典道的自行车车轮反方向回转。

更加快速的镜头闪现——

荠看着大海的背影。

在教室里典道眼中的荠。

蜻蜓停留在荠的身上。

茅:“你们在说什么五十米呢? ”

茅:“那么，如果我赢了，你们都要听我的。”

蜻蜓轻飘飘地飞走了。

典道和祐介还有茅，三人一同跃入泳池。

“要是……我在那个时候……要是我赢了的话……”

如果的世界·其一

刚跃入水中，茅便和我们拉开了距离，她正以优美的自由泳动作领先我们两米左右。靠着没有一丝多余动作的泳姿，她和我们之间的距离也越来越远。

而在我身旁的祐介，则与我旗鼓相当，看来转身蹬壁就是我们分出胜负的关键……这么想着，我开始全力以赴地划动手臂。

这时，茅已经完成了一个无可挑剔的漂亮转身，正向着我们这边游过来。

就在她与我擦肩而过的那一刻，她心无旁骛地看着前面，完全没有注意到我的目光。

奇怪……

刚才那个感觉……我们在水中擦肩而过的那一刻……总觉得似曾相识啊。这个叫什么来着，什么……即视感？好像是叫deja（**注：Déjà vu，法语词汇，似曾相识症**）什么的……

就在我思考着这些杂七杂八的问题时,眼前的墙壁正快速逼近。

我在脑海中想象着茅那个完美的转身姿势，用鼻子换气之后，随即潜入水中，同时弯曲膝盖，双脚在贴上墙壁的那一刻，竭尽全力地蹬了出去。

好嘞！做得不错。

我侧头望向身边的祐介，他好像没能好好完成转身，在水里扑腾扑腾地挣扎。

我将换气的频率控制到最小，不遗余力地完成了最后的二十五米，最后以第二名的身份到达终点。因为急需吸入空气，我从水中抬起头——突然，一道水流冲向了我。

“哇啊啊！你干吗呀？”

我摘下护目镜，只见茅已站在泳池边上，手里还拿着胶皮管笑嘻嘻地冲我的脸喷水。看着她无忧无虑的笑脸，我的脸刷地一下通红。为了不让她察觉，我故意狠狠瞪了她一眼。

“你搞什么啊！”

“岛田同学，你今天去烟花大会吗？”

“什么？”

“我们两个一起去吧。”

“为什么？”

“不为什么……”

茅像是恶作剧成功了一样笑了一下，接着又冲我脸上喷水。

“哇啊，你够了！”

“我五点的时候去你家，你一定要在哦。”

说完，她把胶皮管扔在一旁，一个人走了。

咦，什么？她刚才说了什么？

我呆若木鸡地目送着她离开。而这时，慢腾腾的祐介总算到达了终点。

“哎哟，我在转身的时候突然想去厕所。咦，荠去哪儿了？”

我对祐介的话置若罔闻，一边盯着被扔在一旁的胶皮管，一边回想着荠刚才说的话。

我和荠两个人去烟花大会？为什么……

我越是绞尽脑汁地想，大脑就越发一片空白。我浑身软趴趴，没了力气，咕咚咕咚地沉入了水中。在我身边的祐介好像慌慌张张地说了些什么，但没有一句话能传进我的耳朵里。

到头来，我和祐介还是没有打扫泳池，就这么回到了教室。在通往教室的走廊上，放学回家的学生们叽叽喳喳的。我丝毫没有心情理会闹哄哄的学生，脑子里一直思考着刚才和荠的谈话。

夜晚，只有两人的烟花大会……

难道这就是约会吗……岛田典道十三岁，初一的暑假，人生第一次约会……

在我神游的时候，一旁的祐介似乎察觉到什么，用拳头推搡着我的肩膀，问道：

“搞什么嘛，你怎么回事？”

“咦……啊，不，没什么……”

我想起了在五十米游泳比赛前和荠的谈话，连忙搪塞起来。我现在真是左右为难，这让我怎么对祐介说出口——你喜欢的女孩，也就是荠，邀请我去烟花大会了。

“啊，荠。”

“什么？！”

我还以为他看穿了我的想法，惊慌失措地向祐介看去，没想到祐介正看往别的方向。我循着他的视线望去，荠正站在教师办公室门前。和我们不同，荠是名副其实的好学生，也从未被三浦老师叫去办公室。到底，发生了什么事情？

怀着同样的疑问，祐介和我的脑袋侧到了一边。

“那家伙，在那儿干吗呢？”

“谁知道呢……”

头发湿漉漉的荠根本没有察觉我们的视线，她正凝视着教师办公室的门。她如此神色紧张的样子和在泳池边的时候截然不同。她的手里还紧紧捏着信封，似乎是来传信的。

终于，荠敲响了门，走进办公室。

【办公室内】

三浦坐在椅子上。

三浦（不耐烦地）：“真是的……”

对面座位的男性教师——光石。

光石（注意着周围，小声地）：“今天，怎么安排？”

三浦：“什么？”

光石：“烟花大会，我们在哪里见面？”

三浦（同样注意着周围）：“我今天还被学生们问是不是要和男朋友一起去。”

光石（笑嘻嘻）：“真的吗？这样啊，这么说也到我们公开的时候了。”

三浦：“别这样啦，再说那个时候也是因为我们两个喝醉了……”

这时，荠朝三浦走来。

荠：“老师。”

三浦（内心慌张）：“什么？！啊啊，原来是及川啊，怎么了？”

荠：“我妈妈……我母亲让我把这个交给您。”

三浦（收下信）：“嗯？”

荠：“……”

三浦正读着信。

三浦:“咦——她要搬家了? ”

光石:“什么? 及川她吗? ”

三浦:“而且暑假期间就要搬走。”

光石:“真的吗? 走得真匆忙啊。”

三浦(读着信):“哎呀,原来她母亲要再婚了。”

光石:“是这样吗……总觉得,这种事也不知道该怎么说了。”

三浦:“是呀……但是,居然让孩子拿着这种信……”

三浦一脸复杂。

我们目送着荠走进教师办公室后，祐介又开始捶我的肩膀。虽然我们平时也这么胡闹，但这次他挥拳的力度比以往更强一些。

“喂，你……”

“干吗？”

“发生什么事了吗？”

这话听起来虽然没什么，但我和祐介已经是老交情了，我明白他话里有话。每到这种时候，这家伙的直觉总是异常敏锐。

“咦，你说什么？”

为了不让他发现，我尽可能保持镇静地回应。可我模棱两可的回答根本没有唬住他，祐介一针见血地问道：

“刚才在泳池那儿，你和荠说了些什么吧？你该不会已经向她表白了吧？”

“啊，什么啊？！怎么可能？你是不是傻了！而且喜欢荠……及川的人是你吧，我对那种类型根本没兴趣！”

“什么嘛！你干吗发火？”

祐介说得一点也没错，我干吗突然火冒三丈？

“啊，不……抱歉。”

“算了，没什么。话说，你今天要去烟花大会吧。”

“啊，嗯。应该是。”

“那我们一起去吧。还有啊，我之后能去你家玩吗？”

“没问题。”

“最近我老爹总是一个劲地唠叨去学习去学习什么的，真的烦死了。第一学期的成绩也糟透了。你知道的，我们家希望我去私立中学。”

“是啊……”

“那我就先去你家，然后一起去烟花大会，这样可以吧？”

我顺着祐介的话点了点头，这时才猛然想起——

糟了，刚才荠不是说五点会来我家吗？要是被这家伙看到……咦，我答应和荠一起去烟花大会了吗？不对不对不对，没那回事。我刚才并没有说我一定会去啊……

我在脑中不断重复着自问自答，万分纠结地走进了教室。纯一和稔正与我们班最一本正经又爱激动的和弘争吵着什么。

“当然是扁的啊！”

“对呀！不是扁的还能是什么的啊！”

“肯定是圆的！你自己想一想，那可是火药爆炸，除了是圆的还能是什么样的？！”

如果是以前的话，我肯定会闹着玩似的，冷嘲热讽地加入到斗嘴中去，只可惜我现在满脑子都是荠的事情。无视眼前的争论，我回到了自己的座位开始收拾东西，准备回家。

“喂，从侧面看烟花的话，你觉得是圆的还是扁的啊？”

祐介忽地被纯一这么一问，兴致索然地应和道：

"说什么呢？冲天炮那种烟花吗？"

"不是啦，是升到空中的大烟花。"

"升到天空中的烟花吗？嗯——应该是扁的吧。"

"你看嘛。"

祐介敷衍的回答让现场的局势变成了三对一，陷入劣势的和弘越发激动起来。

"瞎扯什么呢！当然是圆的啊！典道你怎么看？"

突然被这么问道，我有些丈二和尚摸不着头脑，听他们的说法，好像是在争论，升到天空中的烟花，正面看虽然是圆的，但从侧面看的话，说不定是扁的？应该是这么一回事……话说，这种白痴争论怎么样都无所谓吧！

"什么？不知道。"

"你倒是好好想想啊！"

"抱歉……"

我嘴上对纯一道歉，心里考虑的却全是荠的事情。五点来我家，祐介也会来我家玩……要怎么办才好？我偷偷望向祐介，没想到他也正看着我，视线相交的那一瞬间，望向我的那双眼睛似乎略感尴尬，我则不动声色地继续收拾东西，装作什么也没发生的样子。

和弘他们继续围绕着烟花的问题争论不休，但在我这边听起来，那不过是噪音而已。

“这么说，你们见过扁的烟花吗？”

“我见过。”

“你这家伙满嘴跑火车，谁会相信你啊。”

“是真的呀。去年我在爷爷家看烟花大会的时候，在庭院里看的烟花可都是扁的哦。爷爷还对我说是因为角度不好，所以看起来才是扁的。”

“看吧！既然是老爷爷说的话，那就没错了。”

他们争论的话题真是愈发无聊了，我又开始思考荠的问题该怎么处理。就在这时，荠从教室的后门走了进来。看来她已经处理完了办公室的事。她向自己的座位走去，头发看起来依旧有点湿润。

突然，荠笔直地向我投来目光。

扑通！

心脏剧烈跳动的声音瞬间在我的全身回荡。在这一个学期里，我为了不被她发现，一直小心翼翼地偷看她，这次直接的对视，让我不由得快速别开视线，望向了学校操场那边。

可我立刻就觉得这么做太不自然了，于是又装作若无其事的样子回过头。此时，荠已经整理好东西，准备离开教室。

目送着她头也不回地径直走出教室，我的内心涌起一股混着些许罪恶感的解脱感。

“好嘞！决定了！那我们五点在茂下神社集合吧！典道你也会来的吧？”

不知何时，争论似乎达成了什么和解，纯一兴致勃勃的叫喊声让我忽地一下回到了现实。

“什么？什么事？”

“你根本就没在听啊！我们要去茂下灯塔！去验证一下烟花到底是圆的还是扁的！”

“是吗？”

“对啊！如果是扁的，我们所有人的暑假作业都归和弘来做了！”

“耶——耶！”

身材矮小的稔高举双手欢呼，纯一和祐介则双手击掌来庆祝。

一旁的和弘还独自念叨着：“你说会去拍三浦老师的照片，是真的对吧。”

烟花是圆的也好，是扁的也好，这种事根本无所谓。还有，这和三浦老师的照片到底有什么关系？

要是去问祐介的话，那不就暴露我一直都没听的事实了吗？为了掩饰自己插不上话，我向操场上正在练习的棒球部看去，发现有个人走在操场的正中央——那正是荠。

荠以她一向飒爽的身姿向前走着，但这次她看起来腰背挺得更直了……是我的错觉吗？

不知多少岁而且超级巨大的山毛榉将路口分割成Y字形，我们几个人暂时先在那里解散。

“那就五点见哦！别迟到了！我和稔差不多四点就出发！”

“知道了！”

纯一和稔拐向左边，和弘跑向右边。

“好了，我就去你家消磨时间吧。你家总有可乐的吧？”

祐介跨上了登山车。

“只有麦茶哦。”

“你家的麦茶味道淡得不行。”

“吵死了。”

我似笑非笑地接着话，然后用右脚踩上踏板——就在那一刻，我不知为何总觉得有些不对劲。

奇怪，脚跟总觉得有点什么……

我轻轻地摸了一下自己的右脚，但似乎也没有什么奇怪的感觉。就在我歪着脑袋思考自己为什么会这么想的时候，镇内宣传板上贴着的烟花大会海报突然映入眼帘。不知道为什么，海报看起来有点奇怪。

尽管我以前也没怎么仔细打量过这张海报，但现在看来，海报上在空中爆炸的五颜六色的烟花，不论从哪里看，都是扁的……

“典道，你怎么啦？”

可能是觉得我突然沉默不语，还死死盯着海报的样子有点奇怪，祐介在一旁静静地注视着我。

“这张海报……以前就是这样的吗？”

“以前是哪样啊？”

我也无法说清楚为什么觉得这张海报怪怪的，只好含糊道：

“啊，没什么……没什么事。”

“那我换好衣服之后就去你家喽。”

“好啊。”

踩下踏板，我和祐介各自踏上不同的路。这次，右脚不对劲的异样感已经消失，看来只是我多心了吧。我用力踩下踏板前进，突然想起了和荠的约定。

糟了，荠邀请我的这件事，要怎么办啊？

【荠的家（公营住宅）】**（注：日本政府为城市低收入者提供的保障房，以出租为主。）**

荠走进起居室。

荠：“我回来了。”

坐在沙发上的中年男人回过头来。

男子：“欢迎回来。”

荠：“呃——！”

荠的母亲正在厨房里泡茶，听到声音后走进了起居室。

母亲：“荠，好好打招呼。”

男子：“咦，今天是暑期上学日吗？天很热呢。我买了蛋糕回来，大家一起吃吧。”

男子是母亲的再婚对象。他拿着蛋糕盒走近荠。

男子（微笑）：“小荠，你想吃哪一个？”

荠：“……”

荠一言不发地走回自己的房间。

母亲：“荠！”

哐当！房门关上了。

母亲：“真不好意思。”

男子："没关系没关系，不必介意。"

茅的房间里拉上了窗帘，室内只有淡淡的光。

茅坐在床上。

茅："……"

房间里可以模糊地听到母亲与男子的对话。

男人的声音："学校怎么办？已经办好手续了吗？"

母亲的声音："嗯，今天已经告诉班主任了。"

男人的声音："但让她和朋友们离别，肯定很寂寞吧。"

母亲的声音："没有啦，那孩子朋友很少的，你不用在意。"

男人的声音："男朋友呢？"

母亲的声音（笑声）："怎么可能会有啊。"

男人的声音："那可不一定，现在的孩子啊……"

茅（一脸厌恶）："……"

茅站起身来，从壁橱里拿出浴衣，然后脱下身上的校服，开始换浴衣。

店铺的门上悬挂着“临时休业”的牌子。我从邮箱里拿出钥匙，刚打开门，夏日里空无一人的房子中涌现出的一股独特湿气立刻扑面而来。

“热死人了！”

我把被汗水浸湿的立领衬衫扔进洗衣筒里，然后打开冰箱的冷藏库，找到了昨天还没喝完的可乐。正准备拿出来的时候，我想起祐介的话——还是留给那家伙吧。我又打开冷冻库，发现了老爸最爱的西瓜棒冰，刚好剩下最后一个。

虽然我和“他”或“她”没能有一面之缘，但我真的很想称赞把西瓜棒冰设计成方便入口的三角形，还想出在里面撒满巧克力的家伙是个天才……咦，等等？

从包装袋里拿出的西瓜棒冰并不是我印象中的三角形，而是圆柱形的。难道是在冷冻库里融化后又冰起来了吗？

但那形状完美的圆柱形看起来就像是店里卖的一样。这是怎么一回事？难道说，这和小熊饼干中的眉毛小熊饼干（**注：小熊饼干中少见的一种图案，一百多个小熊饼里只有一个是眉毛小熊饼干**）一样，或是类似于快乐仙贝（**注：日本的平民零食，其中不到1%的包装纸是少见的幸运包装纸**）中难得的幸运包装纸？莫非在几万个西瓜棒冰里，也会出现一个形状超稀有的棒冰？

我嘴里嚼着超稀有的西瓜棒冰，光着膀子上了房子的二楼。房间里汇聚着比一楼还要闷热的热气。我想打开铝制窗透透气，可吹来的居然是一股热风，丝毫没有为房间降温做贡献。

我咬着西瓜棒冰，从书柜里抽出小学的毕业照片集。从封面开始一直往后翻，再次翻到不知已经看了多少次的那一页。

去日光（**注：日本本州关东地方北部国际游览城**）修学旅行时的那张照片映入眼帘。那时我和荠是同班同学，大家以东照宫为背景拍下了集体照。我偶然……不对，我只是装作自己偶然站在荠的身旁。照片里的荠面无表情，而她旁边，我则伸出剪刀手咧嘴大笑。

我和荠第一次见面的时候正是两年前——小学五年级的暑假。

荠的父亲是本地人，曾在东京上班，后来他辞去了工作，在茂下海岸开了一家冲浪店。虽然我老爸现在看起来只是一个萎靡不振的钓具店大叔，但他高中时期也曾是一个生龙活虎的冲浪迷。听说荠的父亲和我爸是同样爱好冲浪的伙伴。

他们家刚搬来镇子的时候，一家人一起来到我们店里打过招呼。那时候的荠是个躲在她父母背后的小女孩。

没错，我记起来了，那个时候我正咬着西瓜棒冰看着她。

我待在起居室偷偷探出脸。在那边，荠的母亲说道："这是我女儿，荠，打个招呼吧。"在如此催促下，荠彬彬有礼地向我们做自我介绍。看着这一幕，我内心开始纠结起来——即使我俩爸妈关系好，也不意味着我俩关系好，就算让我出去打招呼，我也不知道该说什么。

而她那时穿着一身洁白的连衣裙，头顶草帽，肌肤白嫩如霜，晶莹剔透，头发乌黑亮泽……我知道这么说很老套，但这是我第一次见到宛如从电视剧或广告里走出来的美少女。

我在起居室里傻呆呆地偷看着荞，欣赏着出生以来第一次亲眼见到的如此可爱的美少女，可偏偏就在这时，我爸多嘴地说道：

“喂，典道，小荞和你一样是五年级哦，和这么可爱的孩子做同学是不是超棒啊。”

听到我爸这么说，荞这才注意到我，向我这边望了过来，我的视线和她的视线交汇在了一起。

我突然感到害羞，一边嚷嚷着“才没有呢”，一边逃向房间深处。

这样啊，我和荞第一次四目相对是在那个时候啊……

在我正打算用指尖触碰照片里的荞时，咚咚咚咚，一阵急促的上楼脚步声传到我耳边。

“典道！”

就在我匆忙关上毕业照片集，并且随意扔在一边时，祐介闯进了我的房间。

“哟哟哟！”

“哟！哟你个鬼啊！你怎么跑进来的！”

“你们家也太不谨慎了，门就这么敞开着哦。”

“那你也不能招呼都不打就进来吧！”

“你才是在干吗呢，怎么光着身子？”

“没干吗。”

“喂，那不是西瓜棒冰吗？也给我吃点啊。”

祐介从我手中夺走西瓜棒冰，然后一屁股坐在地上，还不忘打开Wii的电源。

我趁他不注意，偷偷用脚把毕业照片集踢到床底下，接着坐在他旁边。看着被他夺去的西瓜棒冰，我嘟囔道：

“你不觉得那个形状很特殊吗？”

“什么？”

“西瓜棒冰，这肯定是几万个里才有一个的稀有棒冰。”

“你说什么呢？”

“这个不是圆圆的吗？一般的棒冰都是三角形的啊。”

“啊？西瓜棒冰都是圆的啊。”

这家伙，是在逗我吗？

确实，祐介这个学期的成绩很糟糕，我也担心过他的脑子是不是变得不好使了。但祐介摆出一副“你在逗我吗？”的表情，还从垃圾桶里捡起我刚扔进去的西瓜棒冰包装袋。

“你说什么呢？西瓜棒冰肯定是三角形的啊，你看啊。”

咦，和我从小看到大的包装袋不一样，包装袋上本应该是三角形的西瓜棒冰……现在居然变成了圆柱形！

“从小到大，西瓜棒冰都是圆的啊。喂，你没事吧？”

“……”

“被狐狸迷惑，百思不得其解”就是这种感觉吗？

“五点在茂下神社集合，对吧？那样只需要提前十分钟出门就好了。”

“啊，嗯。”

确实如此，西瓜棒冰的形状怎么样都无所谓了，我真正要担心的是，如果荠来了，我该怎么办？等等，现在什么时间了？

桌面上的闹铃正显示着4点10分。

【茂下神社】

正对着茂下电铁（**注：电气铁道的简称**）的铁路与公路的交叉处，有一个小小的神社。

只有一节车厢的古旧电车发出轰隆轰隆的声音，慢慢悠悠地经过这里。

摊贩们正在为庙会的摊点做准备。

在众多摊贩中，只有一家卖关东煮的摊贩已经开始迎客。

一个看起来品性不怎么样，但容易搭话的大叔一边喝着烧酒，一边和纯一与稔说话。

纯一："真的假的？！"

大叔："没错，就是扁的。"

稔："果不其然啊。"

这时，和弘来了。

和弘："让你们久等了！"

纯一："噢……咦，你这是怎么了？"

稔："你这是什么打扮？"

和弘："咦？"

和弘背着让人好奇的硕大登山背包，戴着头盔，一只手拿着登山手杖，另一只手则握着手电筒。

和弘:“什么，我们不是要去冒险吗？”

纯一和稔咯咯大笑。

和弘:“什么嘛！别笑了！”

纯一:“啊，对了，和弘。烟花果然是扁的哦。”

和弘:“什么？”

稔:“坐在这边的仁兄，竟然是神秘的在职烟花师傅。”

大叔依旧喝着烧酒，身上还披着印有烟花公司商号的短外褂。

纯一:“既然是烟花师傅，那说出的话可是有分量的。”

大叔（打嗝）:“嗝……”

在这之后过了四十分钟，祐介操纵的库巴战无不胜。以前还未曾有过这样的事，要知道，不只是马里奥赛车，我们玩其他游戏的时候输赢都是对半分。但在今天，我的心思根本不在游戏上，我还在苦恼要是荠来了，我该……我该怎么办啊？

“咦，马上就五点了呢。”

祐介一边喝着可乐，一边看着闹铃上的时间。时间已经消磨大半，窗外的鸣鸣蝉的声音渐渐变小，而秋蝉则开始高声鸣叫。

“啊，是啊。”

我随便应和祐介，心里却因为还没有想出任何办法而浮躁不安。

要怎么骗过祐介呢？咦，我怎么……已经决定要和荠一起去看烟花大会了吗？

“我说，要不然我们别去了吧？”

祐介一边打着停在胳膊上的蚊子，一边说道。

我诧异地发出“咦”的声音，但立刻想起来祐介就是这么一个反复无常的家伙。

他在我身旁继续说着不负责任的话：

“烟花无论是扁的还是圆的，都无所谓吧，还是像平常一样待在海边看吧。”

“啊，嗯……”

“而且啊，烟花肯定是扁的啊。”

面对理所当然说出这话的祐介，我脱口而出道：

“咦，是这样吗？”

“那当然啦！你这家伙是认真的吗？”

“不，我也不清楚……”

祐介拿起床上的团扇，团扇上印着圆圆的烟花。

“你倒是看看啊，这样看起来是爆炸成了圆形，但从侧面这样看，不就是扁的吗！”

祐介先是把印着圆形烟花的团扇正面对着我，然后旋转了九十度。这样看的话，自然是扁的。

“看吧！”

“啊，是吗……”

听着祐介自信十足的说辞，我总觉得哪里不对。

就像和弘说的那样，烟花是火药爆炸后……怎么说的？放射状？好像不太对，总之就是向四面八方扩散，然后形成圆的形状吧。

“所以我们用不着特地跑去灯塔看啊。所以啊，还是别去了。话说，你倒是关一下窗户啊，蚊子都成群结队地进来了。”

“啊，好的。”

我一边站起身子，一边思考着。等等，要是不去神社了，不就意味着我也不必和祐介一起待在这里了？要是我能让祐介现在离开我家，他就不会看到荠了……至于荠的事情，唉，算了，到时候再说吧！

“啊，是吗？其实我也有点事……”

正当我要关上窗户时，道路上一个身穿浴衣、提着手提袋的人正向着这边走来……咦，那不就是荠吗！妈呀，她都已经来到这里了吗？

我一边关上窗一边飞速思考……现在要怎么办？照她现在的位置，再过一分钟，不，只用四五秒，她就会来到我家门口了……快点！快想想啊！

“什么有点事？是什么事啊？”

说着，祐介喝光了塑料瓶里的可乐。

“啊……是这样的！我马上买点饮料回来！反正我们还要玩一会儿马里奥赛车的吧。”

“不用啦，反正我也不口渴。”

“不不不，你看看，那瓶可乐都没气了，我挺不好意思的。我这就去买新的回来，你等一会儿哦。”

“是吗？不好意思啦。”

“客气什么。”

这理由连我自己都觉得莫名其妙，可没想到祐介居然答应了。就是现在，得趁现在走。我从抽屉里拿出零花钱，快速塞进自己短裤的口袋里。在我正要走出房门时——

“喂！你打算就那么出门吗？”

“什么？”

被他这么一说，我仔细瞧了瞧自己。对啊，我一回家就把上衣脱了呀。

“啊啊……”

“你没事吧？”

“啊哈哈哈哈……”

我露出了连我自己都觉得瘆人的笑容，然后在床上拿起当成睡衣的优衣库短袖，换好后匆匆跑下楼梯。

荠大概会先去前门，在看到门前“临时休业”的牌子后，就会跑到后门那儿……所以那家伙现在应该正站在前门那里！

我一边在心里祈祷着一定要赶上，一边迅猛地向门口跑去。一打开门，正好看到荠的右手准备去按大门的门铃。我不由自主地握住了伸向门铃的手。

“咦！”

震惊中，荠把眼睛瞪得圆圆的，视线还不停地在我的脸和她自己被握住的手之间来回晃，没等她开口，我抢先用嘶哑的声音悄悄说道：

“嘘嘘……”

我依旧没有放开她的手，她则越来越困惑，歪着脑袋向我看来，三股辫随之晃动。

这是我第一次看见她身穿浴衣的样子，也是我第一次握住她的手——纤细得让我吃惊的手。

现在最要紧的是不能引起祐介的注意，于是我解释道：

“祐介他来我家了。”

“什么？”

“总之，我们先出去说话。”

我放开她的手，关上门，然后向家门前的马路走去。荠一言不发地跟在我身后，只有秋蝉在高声鸣叫。

“我刚刚说了嘛，那家伙突然跑来我家玩……”

“那现在怎么办？你不去了吗？”

听到我借口般的解释，她的声音变得稍稍焦躁起来。为了逃避她锐利的视线，我只好又向前走了一步。

“等……你先等一下，我现在还在想……”

虽然我这么说，但心里根本没谱，现在到底该怎么办啊？要是现在跟着荠走了，之后会怎么样？要是我就这么不回来了呢？

就在这时，头顶上的窗户嘎吱嘎吱地响了。

“喂，典道！”

“什么！”

我抬起头，只见祐介从窗户里露出脸来，他那个角度刚好看不到被屋檐遮住的荠。

“我们还是去神社吧。”

“什么？”

“不去的话，也太对不起大家了。”

“怎么突然……”

“我现在就下楼，一起去吧。”

祐介说完就关上了窗户。咦，搞什么？这家伙突然……

在我还呆若木鸡地望着窗户出神的时候，突然不知道是谁拉了一下我的T恤下摆，让我回过了神。刚才一直躲在屋檐下，靠着墙壁站立的荠正偷偷盯着我。

“你说怎么办？”

与其说那双眼睛里饱含怒意，不如说其中飘浮着一丝哀愁。

到底要怎么办？等等，为什么非得让我做出选择啊。而且现在到底是什么情况？不论是荠邀请我一起去烟花大会，还是祐介嚷嚷着要去灯塔，都不是我决定的事情啊。都是他们擅自做的决定。还有，和荠一起去烟花大会……是因为我在游泳比赛中抢得了第二名……咦，那，如果……获得第二名的不是我，而是祐介的话，被邀请的人难道……

门咔嚓一声开了，祐介正在换上旅游鞋。

被邀请的人难道就是——这个家伙吗？

在我意识到这件事的一刹那，脑子里一片空白。我冲动地拉起荠的手跑了起来。

“这边！”

“什么？”

茅的手里还拿着重量不轻的手提袋，突然被这么一拉扯，自然失去了平衡。可我仍然拉住那只手，强行把她带到门前。我扶起放在门口的自行车，喊道：

“快上来！”

“什么？”

“好了，快上来！”

“可是……”

就在茅犹豫不决的时候，店里传来了祐介的声音。

“咦……喂，典道！”

我夺过茅的手提袋，扔进车筐。这一次，我直视着她的眼睛，再次说道：

“快上来啊！”

在我们四目相对的那一刻，茅眼里的迷茫立即烟消云散，刚才还飘浮着一丝哀愁的眼神也消失得无影无踪，她像是抛却了一切不解，笑着点头道：

“嗯！”

接着，她抱住我的腰，坐在自行车的后座上。我踩上脚踏板，毕竟载着以往所没有的双份重量，车头左右摇摆起来。但在车轮驶下坡道后，自行车就平稳地向前冲了出去。

这时，两人身后传来祐介的脚步声和困惑的喊叫。

“喂……什么，茅？典道！你在干什么呢……”

然而，他的声音随风飘散了。

因为一路下坡，自行车的速度越来越快，抱住我腰的双手也稍稍加大了力气，我能清楚感受到后背贴上来的感觉。这是我第一次载着女孩子骑自行车，而且这个女孩子还是荠。背后传来荠的体温，让我不由得心跳加速，车头也开始摇晃起来，在荠小声的呼唤中，我赶紧一心一意地骑起车来。

骑下坡道之后，大海离我们越来越近了。空气中吹来潮湿的海风，在我身后随风飘扬的发丝的气息和海风混合在一起，飘到我鼻尖。突然，荠在我背后大声问道：

“我说！”

“什么？”

“我们这是要去哪里？”

被她这么一问，我突然意识到我自己也不清楚要去往何方，只是在漫无目的地骑车而已。那时我不过是一时冲动就握住了她的手。

“我也不知道。”

“你这话是什么意思？”

“所以说我不知道啊！”

我听到身后的荠开始咯咯地小声笑起来，大概是被她传染了，我也笑了起来。

“轰……隆……轰隆……轰隆……”的声音融进了潮湿的海风

中，传到我耳畔。

是在试放烟花吗？

回声被群山反射，风力发电机的螺旋桨慢腾腾地转动着。虽然我早就看惯了那些转动的螺旋桨，可突然间，我感到有些不对劲。

“我说呀。”

“怎么了？”

“那个风车平时都是朝那个方向转动的吗？”

“咦，我也不清楚。”

“不应该是顺时针转动的吗？”

“所以说我也不清楚啊。”

“这样啊……”

我也好，荠也好，不清楚的地方真是太多了。

毕竟我连我自己的所作所为都无法解释，也不知道怎么做才是正确的选择。但现在，我觉得这些事情都无所谓了。

唯一可以肯定的是，我现在正和荠一起骑着自行车在海岸一路飞驰。在这一刻，我内心涌现出一个想法，我希望时间停下来，我希望我们能一直骑车……不知为何，我脑海中响起了一段听起来十分廉价的J-Pop歌曲。

突然间，歌声被荠的声音打断。

“喂……我们去车站吧！”

【神社】

电车呼啸而过。

穿过铁道与公路的交叉口，祐介走上阶梯来到和纯一他们会合的地方。

纯一:“你慢死了！”

祐介:“吵死了！”

纯一:“啊，你生什么气啊？”

祐介:“我才没生气！”

稔:“咦，典道去哪了？”

祐介:“鬼才知道！”

纯一:“咦，那你干吗这么生气？”

茂下电铁从城市中央一直延伸到海岸线，终点站便是茂下站。

以前，车厢里挤满了去往观光海滩与茂下灯塔的游客们，可如今繁华不再，只有本地人还在乘坐，车站自然变得冷清起来。不仅如此，镇里还有传言，说过不了几年，车站就要被废弃。而从去年开始，车站这幅空无一人的景象越发增加了传言的可信度。

车站里只有两台机器，一台是售卖车票的机器，另一台是售卖果汁的自动售卖机。从刚刚开始，我和茅一直静静地坐在古旧候车室的长椅上。为了打破这尴尬的气氛，我在候车室里左顾右盼起来，这时，墙壁上贴着的烟花大会海报引起了我的注意。

是呀……烟花大会！纯一他们已经向灯塔出发了吗？

时针指示着时间刚过五点，我移开视线，偷偷看向离我大概有一个人间距的茅。

要来车站的人明明是她，可现在我们并没有去买什么车票，也不清楚她是做何打算。话说回来，我们不是应该去看烟花大会吗？

“我说呀……”

“什么？”

“我们不去烟花大会吗？”

“你想去吗？”

“什么？！明明是你邀请我一起去的啊。”

“是吗？”

说着，茅轻轻地笑了起来，也不知她是在装傻还是真的忘记了。瞄了她一眼之后，我才发现茅身上的浴衣有些走样了，可是这也难怪，毕竟刚才又是跑，又是坐在自行车后座上飞驰……尽管我想努力开口，夸赞她身上那件成熟的浴衣真的很适合她，但我连直视她的勇气都没有，更不要说鼓起勇气夸赞她了。因此，我只能死死盯着自己的脚。

我把视线转向茅的草履边，那里放着一个印有格子图案的手提袋。仔细一想，浴衣搭配手提袋还真有些奇怪……

“那个……”

“怎么？”

“你那个手提袋是怎么回事？”

“啊，你说这个？”

茅把手提袋拉到近旁，解开金属制的锁——瞬间，在手提袋里挤得鼓鼓的东西像火山爆发般喷涌而出，散落四处。

“哎哟！”

震惊中，我看见地上都是T恤、连衣裙、鞋子、贴身衬衫、毛衣、玩偶……还有一个不知道装了什么的小袋子，是化妆包吗？

总而言之，包里的东西看起来完全不像是为烟花大会准备的。

咦，这家伙到底是要去哪里啊？

“真是的，都跑出来了。”

茅红着脸开始收拾散落在地上的各种东西。在她拿起玩偶的时候，突然朝我恶作剧一般莞尔一笑。

“你倒是帮帮我啊。”

“啊……嗯啊。”

我只好红着脸整理起衣服和鞋子来。

除去母亲，这是我第一次触碰女性的衣服。衣服里飘散着不同于洗衣剂的味道，有一股微微香甜的气味，和我骑车时闻到的一样——是荠身上的气味。

“我说，我们要去哪儿呢？”

荠已经整理好了手提袋，她站起身子，边看时刻表边问我。

她乍然的问话既像是对我说的，又像是对其他人说的。但车站里除了我和荠以外空无一人，所以只可能是对我说的吧。

“咦，去哪儿？我们要上电车吗？”

“哪有来车站却不上电车的人啊？”

“可你明明是邀请我去……”

还没等我说完“烟花大会”四个字，荠就用欢快的语调说道：

“东京？大阪？”

“什么？”

“去哪儿都没问题，不过，我想尽可能去远一点的地方呢。”

东京？大阪？

她的话出乎我的预料，让我不由得陷入轻微的混乱中，脑袋也无法好好地把词语转化出来。与我惊慌失措的样子形成鲜明对比，茅依旧露出欢快的笑容，但那笑容看起来十分空虚。我明明离她这么近，却无法看透她内心在想什么。

我压下烦躁不安的心情，拼命转动大脑。

这家伙，莫非从一开始就不打算去烟花大会吗？话说，什么东京，大阪？她在说什么呢？咦……莫非，难道说……

“离家出走？”

刚才从包里散落四处的东西和说出口的词语终于联系了起来。

“是这样吧？你这家伙离家出走了？”

在我明确地指出这一点后，茅立刻反驳道：

“才不是离家出走。”

“那到底是什么？”

面对有些恼火的茅，我也焦躁起来，用粗暴的语气反问道。

前往城市的车站，包里的各种衣服，不是东京就是大阪……这除了是离家出走，还能是什么？在一阵沉默后，茅自言自语般轻声说道：

“私奔。”

私奔……再次听到出人意料的发言后，我的大脑又开始混乱了，语言理解与转换功能也彻底崩坏。

“私奔是……两个人一起死的意思？”

“那个叫殉情！”

【乡间小道】

夕阳下，数十台风力发电机并排耸立在山脊处，螺旋桨回旋着。

祐介一行人磨磨蹭蹭地走在路上。

灯塔比想象中还要远，所有人都有些不耐烦。

祐介，不断挥舞着从路边捡来的树枝。

和弘（登山背包）："好重啊……我说，要不我们休息一下吧。"

纯一："你开什么玩笑！是你提出一起去的！"

和弘（卸下登山背包）："我受不了了……"

稔："喂，你包里都装着什么啊？"

稔走近背包，打开后发现里面满满当当地塞着香蕉、苹果、零食和塑料瓶等物品。

纯一（盯着看）："这都什么东西？"

稔："你这家伙是想开小商店吗？"

远处传来烟花在空中炸开的声音。

祐介："喂！你们几个再不快点就赶不上了！"

纯一他们被祐介发怒的样子吓到。

纯一："那家伙到底发生什么事了？"

车站的月台上有一间木造的洗手间，隔着洗手间的墙壁，茅向我搭话道：

“女孩子不论到哪里都可以打工生存。”

我背靠着墙壁，像是站岗一样警戒着洗手间的四周，然而真正让我全身神精紧绷的人，是处在洗手间内侧的茅。整个月台只有我们两个人，周围万籁俱寂，茅的声音连同呼吸声与替换衣服的沙沙声都清晰地在我耳边回荡。隔板上静静地挂着浴衣的腰带。

“年龄随便糊弄过去就好了，就说我已经十八了。”

“根本不像啊。”

“是吗？”

说完，浴衣也被轻轻地挂在隔板上，覆盖住了腰带。

也就是说……现在，茅只穿着内衣？

我差一点就要在妄想中神游了，但突然清醒地想到，要是就这样什么话都不说，一定会被她看穿心思。于是，我搜肠刮肚地寻找话题：

“话说……你要去哪儿工作呢？”

“去做夜晚的酒水销售员？例如……夜总会？Girls Bar（**注：服务员均为女孩子的酒吧**）？”

“根本没戏吧……”

我努力稳住几乎要跳出嗓子眼的心脏，偷偷向隔板下面快速瞄了一眼。在隔板的另一边，已经脱下草屐的荠光着脚，正要换上鲜红的皮鞋……那好像是叫“浅口女鞋”的鞋子。她那有些笨拙的换鞋模样不知为何带着一股性感的气息，使得我愈发无法专心谈话。

虽然我俩之间隔着挡板，但那只是五十厘米的距离，想到五十厘米后面就是正在换浴衣的荠，我感觉自己再也没法忍耐下去，只好提前向铁路那边走了几步。

电车正从远处驶来，哐当哐当的声音逐渐变大，为了让墙壁另一端的荠听清楚，我大声喊道：“喂，电车来了哦。”

“嗯，我换好了。”

我回过头，看到荠从墙壁一侧慢悠悠地走出来。

稍微露出胸口的黑色连衣裙，配上我刚才瞄到的鲜红色浅口女鞋。本是三股辫的发式已经解开，波浪形的散发在风中飘荡着。她不仅换了衣服，还化了妆，涂上了红色的口红。

现在的荠和刚才相比，简直判若两人。

她似乎也察觉到了自身巨大的变化，脸上浮现出害羞的表情。

她注视着我的眼睛，小声嘟囔道：

“怎么样？看起来像十八岁了吗？”

我不知道她像不像十八岁，但是，在被暮色笼罩的月台上，微风中秀发随之飘舞的荠只能说是……美得令人心醉。

我仿佛在这一刻领悟到了美的真正含义是什么。

“怎么样？看起来像十八岁吗？”

“啊……不……嗯……”

我绞尽脑汁也无法说出像样的话语。不如说，任何话语在这一刻都是多余的。我所能做的，就是把这一幕深深地烙印在我的心里。

突然，荞别开视线，从口袋里拿出了一件东西。

“你看看这个。”

“什么？”

荞拿着我之前看过的不可思议的小球。虽然我白天已经看过了，但现在再看一次，居然会觉得有种不一样的感觉，也不知道是不是周围太昏暗的缘故。

“这不是……你在泳池的时候给我看的东西吗……”

“今天早上我在海边捡到的。”

我脑里浮现出早上骑车时，荞在海边的背影。

“我呀……也不知道为什么，一看到这个，就想离开这个地方。”

“不对……并不是那个时候想到的……对，是岛田同学在自由泳比赛中胜出以后，我在内心决定的——我要离开这个地方。”

“什么？”

今天一天发生的事情实在太多了，不过是在几个小时前发生的事，对我来说仿佛已是很久以前的事情。我的大脑快速转动起来。今天早上，我看到荞的背影；在教室里乱哄哄闹作一团的时候我们四目相对；在游泳比赛中，我撞到脚，输给了祐介……

不对，是我赢了才对吧。

但……这是怎么回事？这种感觉是——我总觉得之前也有过类似的体验。

没错，在和祐介他们暂时解散的时候，我总觉得自己好像受了伤，右脚跟好像疼了一下。但事实上，我的确赢了祐介，因此才被茅邀请。在这之后发生了什么……回到教室后好像听到纯一与和弘还有稔正在争论升到天空中的烟花是圆的还是扁的。接着，我回到家，发现祐介正在我家……然后，我去了医院把受伤的……不对，我明明没有受伤，为何要去医院……应该是茅来到我家……之后，在Y字形路口，茅被她母亲硬是带了回去。

怎么回事？那为什么我现在会和茅在这里？

哐当！

只有一节车厢的茂下电铁发出警笛声，慢慢驶入车站。

“你愿意和我一起走吗？”

茅凝视着我的眼睛问道。

那是我曾见过的——似乎在祈祷的眼神。

“……”

但我现在脑内一片混乱，根本组织不出回答的话语。

我在这一天仿佛有两种截然不同的记忆，它们在Y字形路口左右分开，向着截然不同的方向发展，并且在我脑内混乱地交织起来。

到底在哪儿？我的记忆到底在哪儿左右分开了？

耳边哐当哐当的声音中混入了刹车的声音，电车慢吞吞地驶入了车站。

过不了一会儿，电车就会完全停住，车门也会打开。

我现在到底该怎么办?

和荠一起坐上电车吗?

坐上电车后，要去哪里呢?

荠一直静静地注视着一言不发的我。她的眼睛好像微微湿润了，我的脑内却还是一片混沌，毫无头绪，可就在我找到答案，准备给出答复的时候……

检票口的方向传来尖锐的叫声，仿佛撕裂了我和荠之间的空气。

“荠！”

这个声音……我有印象……

定眼望去，那里站着两个人，其中一个正是荠的母亲，在她身后，还有一个我素未谋面的中年男子。荠的母亲满溢着怒火从检票口气势汹汹地逼近我们，她的身姿，和我现在浑身僵硬的感觉……我的确有印象。

咚咚!

在我被不可名状的即视感束缚住，正在发愣时，突然感觉到一阵沉闷的冲击。荠拿着手提袋撞开了我，向着车站尽头的围栏跑了起来。

“荠，你给我站住！”

茅的母亲一边发出愤怒的嘶吼声，一边从我身旁经过，她身边还跟着一个男人……话说，这个大叔，到底是谁啊？在沉重的手提袋和还未适应的鞋子的拖累下，茅无法全力奔跑，还未到达车站的围栏边，就被她母亲和那个大叔轻易地捉住了。

我仍像刚才那样浑身动弹不得，只能在一旁看着事态发展。

“茅，你到底在想些什么呢！”

茅想甩开母亲，不断地扭动身体，拼命抵抗着。

“不要！放手！放开我！”

“你给我适可而止！你这孩子老是这样！”

“吵死了！放开我！放开！”

最终，不知道茅是没了挣脱的力气，还是没了挣脱的意愿，她一只手被她母亲扯住，另一只手被大叔拉着，两人合力将茅往我这边拖过来。

“典道同学，救救我！”

“什么？！”

她突然向我求救，茅的母亲听到后，恶狠狠地瞪着我。听到茅突然直呼我的名字，又被她母亲这么一瞪，我的内心迟疑起来，身体彻底僵硬，动弹不得。

眼看茅就要被他们这样拖回检票口，她撕心裂肺地大喊道：

“不要！我不去！我不想回去！”

这一幕，这个声音，我确实在哪里听过。不同的是……刚才并没有那个大叔，只有荠的母亲……等等，刚才是什么时候？

我的大脑越发混乱起来，茫无端绪。但是，只有一点我可以肯定，那就是我的的确确见过相同的一幕。

“不要碰我！喂，快放开我！”

荠嘶喊着，尽管右手被大叔抓住，但仍然拼命地挣扎，手里一直握着的球随之轻轻地掉了下来。

“典道同学！救救我！典道同学！”

荠满脸泪水地哭喊着看向我，这一幕和正要落在地面上的球都像慢镜头一样在我眼前闪现。

就在球落在砂石地面上的那一刻，我猛地跑了起来。

不能让她就这么被带走！

刚才也是……虽然不知道那到底是什么时候，但是在那个时候，我只能眼睁睁地看着荠被拖走，一点办法也没有。

但是，现在……我绝不能重蹈覆辙！我必须把荠抢回来！

我追向已经被拉到检票口跟前的荠，冲动地抓住了大叔的手。

“你这是在搞什么？！”

“放手！”

我已然拼尽全力地去拉扯，可那布满结实肌肉的手臂几乎纹丝不动。

刹那间，大叔用正被我拉扯的胳膊肘重重地撞击我的脸颊。

“好痛！”

在激烈的碰撞中，我放开了他的手，倒在地面上。

“你搞什么啊？”

大叔俯视着我，嘴角还微微露出了笑容。

“典道同学！典道同学！”

荠的声音和身姿就这么消失在检票口的另一边。到头来，我又一次没能救回荠……又一次？

没错，是又一次。我记得我刚才也倒在了地上……不对，倒在地上的是祐介。还有，被打的人不是我……而是祐介。但是，那是什么时候？我看向揍过祐介的右手，突然发现那个不可思议的小球就在一旁。

我捡起小球，可现在的它像石头一样冰冷。这时，我那混乱不清，直到刚才还纠缠在一起的双重记忆线开始逐渐地解开了。

在五十米游泳比赛中，我输给了祐介，脚跟受了伤，所以我在医院遇见了荠，然后荠就在Y字形路口被她的母亲带走了……

这个球……没错，我记得我把它掷了出去。

要……要是……要是我那个时候……什么来着？我的内心似乎一边喊着什么话，一边把这个球掷了出去。之后，不可思议的事情就发生了。明明是同一天，却发展成了两种截然不同的情况……

咔嚓！

停下的电车发出了关门声，那道声音把我唤回到现实中。

在哐当哐当的声响中，只有一节车厢的破旧电车出发了。

我目送着慢慢驶向远方的电车，脑海中浮现出荠刚才的话语。

“东京？大阪？去哪儿都没问题，不过，我想尽可能去远一点的地方呢。”

要是……要是荠的母亲和那个中年男人晚一步到达车站的话……我会不会已经和荠坐上这列电车，告别了这个地方呢？

天空中的乌鸦大叫起来，仿佛在怜悯孤零零地站在月台的我。

刚才被大叔用胳膊肘痛击的脸开始隐隐作痛。

我已经没有必要继续待在月台，推着自行车走在还未铺成柏油路的乡间小道上。太阳已经西沉，暮色弥漫着大地。群山高耸，山脊的上空被熏染出了一层浓重的深橘色。

也不知为什么，我把那个球放进了自己口袋里，毕竟不能扔在那里不管。

我走过十字路口，从农业用通道的方向，传来了我十分熟悉的声音。

“烟花大会马上就要开始了哦。”

“我们这不是一点都没有接近灯塔吗？”

“闭嘴！快点走啊！”

和弘背着大型登山背包，正朝着身后的纯一和稔大肆发火。

对哦，说起来这条农业用通道确实是从茂下神社到灯塔的最短路线……

这时，纯一注意到了我，小碎步向我跑来。

“咦，这不是典道吗？”

“啊，嗯……”

“喂，典道！你之前都去干吗了？”

和弘与稔也走了过来，只有祐介伫立在原地一动不动，还用冷冰冰的眼神盯着我。

“啊，嗯……我突然有点事情……”

我快速看了一眼祐介，他仍然看着我。看来，他并没有告诉大家茅来了我家的事情……

“然后，你办完事就跑来这边和我们会合了？”

“什么？啊，嗯，是啊……”

我来到这儿不过是个偶然，可我还是不自觉地应和他们的话。

“那我们现在一起去灯塔吧！”

“啊，嗯……”

“话说，我现在突然觉得不论烟花是圆的还是扁的，都无所谓了啊——”

“我也是。”

稔嘎吱嘎吱地嚼着贝贝星拉面（**注：日本Oyatsu Company出品的干嚼方便面**），突然坐上我自行车的后座，纯一则从我手中夺过自行车的把手，载着稔一起冲了出去。

和弘则火冒三丈地追着他们喊道：

“开什么玩笑！我们是为了什么才累死累活走到这里的？！快点去灯塔啊！”

山上，茂下灯塔正来回扫射着微弱的光芒，这三个人就这么吵吵闹闹地跑上山去了。到头来，我还是和他们一起去了灯塔，没办法，现在也只能跟着他们一起上山了。

“荠去哪里了？”

突然，一个声音吓了我一大跳。

“什么？”

惊吓中我猛地一回头，不知什么时候，祐介已经站在了我的身后。如此近距离之下，我发现那冰冷的眼神中还包含着一丝怒意。

“啊……她已经不在这边了……”

我本想一股脑把车站发生的事情告诉他，可这样只会让事情变得更复杂，只好作罢。

“而且，为什么荠会去你家？”

因为我那闪烁其词的回复，祐介越来越烦躁，还不满地追问起来。我也想尽快解开他的误会，但大脑内两段记忆交织不清，我自己也一头雾水，不清楚哪个和“现在”是有关系的。

“啊，那是因为……在泳池……”

“怎么回事？”

“嗯，我也说不清楚……”

“什么？原来你们在交往啊？”

听到他这么一吐槽，我条件反射般大喊道：

“啊？！根本没在交往好吗！你在说什么鬼话！”

“那到底是怎么回事？”

我才想知道是怎么回事啊！虽然我想把刚才发生的事情全部告诉祐介，但这样做只会让他越发暴躁吧。我绞尽脑汁思考要如何回复，可嘴里只蹦出一句含糊的——

“嗯……那个……”

“你可真是烦死人了。”

祐介用充满蔑视的语气厌烦地说道，接着就朝纯一他们的方向走去。仔细想想，这恐怕是我们认识这么久以来，他第一次咂嘴，而且还用如此不屑的语气回复我的话。

“喂！好像勉强赶上了啊！”

“呜哇！人真是多得恐怖啊！”

扔下自行车，纯一和稔跑了起来。时间即将来到七点，我们总算在烟花大会开始前赶到了目的地，也就是海岸小丘上的茂下灯塔。从小丘上向下望去，茂下海岸热闹非凡，海岸上挤满了熙熙攘攘的人群。摊位鳞次栉比，还整齐地挂起了一排又一排的灯笼，交相辉映。漂浮于海湾正中央的茂下岛沉浸在昏暗而朦胧的光线中，但仍可以看出烟花师傅们活动的身影。

茂下灯塔这个地方的确就如和弘在教室里所说的那样，确实是从侧面观看烟花的好地方。

“到底如何？是圆的，还是扁的？”

稔的叫唤声中混着兴奋与疲倦。

“我们还没上去呢，还有，当然是圆的啊。”

听着和弘自信满满的宣言，纯一立马反驳道：

“如果是扁的，我们的暑假作业可全归你做了哦。还有啊，到都到了，赶快上去看吧。”

“上去是指什么？到灯塔上面？”

顺着纯一手指的方向，茂下灯塔正来回挥洒着微弱的光。

“好呀！去吧去吧！”

稔一边回复着，一边走向灯塔。高约一米的矮门在他的推动下，吱呀吱呀地打开了。

“呜哇！好棒！有楼梯呢！快来啊！”

他一边窥探着灯塔内部，一边向我们招手。

“超棒啊，原来还可以进去啊？话说这有点瘆人啊。”

纯一兴奋地嚷嚷起来。

我越过纯一看向灯塔内部，在微弱的光线下，只见一座楼梯向上螺旋式延伸。我在幼儿园去郊游的时候来过灯塔，至今不知来过多少回了，但我还是第一次看见它内部的模样。

“真的能进去吗？这里写着‘闲杂人等，不得入内’呢。”

和弘读着门前的标牌。

“没关系的！况且我们也不是什么闲杂人等啊，别啰唆了，快点进去！”

我们一边念叨着“不是才怪嘞”来吐槽纯一莫名其妙的观点，一边走进了灯塔内部。在内部青白色的紧急指示灯下，我才看清螺旋楼梯其实非常窄，一次大概只能走一个人。

“喂！和弘，你小子打头吧！”

“啊，凭什么？！”

“只有你带着手电筒啊！”

尽管纯一第一个冲进门里，但现在反而是他有点害怕，于是便让和弘先上去。就这样，我们以和弘、纯一、稔、我、祐介的顺序，一个一个慢慢地前进。

在和弘的手电筒的照射下，可以看到螺旋楼梯里到处都是蜘蛛网，简直和恐怖电影的画面一样，令人毛骨悚然。

“吓死人了——”

和弘用手拂去蜘蛛网，小声地说道。

虽说这是一座海滨灯塔，但算不上什么壮观的建筑，更别说是观光胜地了。十五米高的灯塔，从这里爬到最高点估计也只需要花一分钟。

但和弘还是不敢前进。

“快点走啊！马上要放烟花了！”

纯一急躁不安地推搡着和弘说道。

“我又不是不知道！”和弘话音刚落，就听到灯塔外传来——

咻——咚！轰隆！

烟花的巨响掩盖了他的声音。

“什么？！”

“开始了！”

“喂！你走快一点啊！”

和弘在纯一的推搡下，像是下定了决心，嘴里大叫着“啊啊啊啊”，还挥舞着手电筒，一鼓作气地冲进了层层蜘蛛网中。

“好，好嘞！”

“上吧！”

跟着和弘的步伐，纯一和稔也冲了上去。

“是圆的，还是扁的？”

“废话，当然是圆的！”

“那还不一定呢！”

楼梯上只剩下我和祐介两人迟迟不动。从刚才开始，祐介的视线就一直在躲避我，对于和弘他们的争论，他也不参与。

“我们走吧……”

我目视前方说道，尽管身后没有任何反应，我还是迈开了脚步。

“喂！”

就在我走了两三级楼梯后，祐介突然喊道。

我回过头去，只见他正直直地盯着我的眼睛。在异常的压迫感下，我开始害怕起来。

“搞什么啊？”

虽然我不知道为什么，但总觉得如果现在露怯的话就输了。为了掩饰心虚，我故意大声问道，祐介则用更大的声音答复道：

“等这个暑假结束，我就去表白！”

“什么？”

“第二学期开始后，我一定会和茅说我喜欢她的！”

说完，祐介故意撞开我的身体，然后跑上了楼梯。

这家伙在搞什么……我没有理会他的大声宣言，立马追了上去。

冲上楼梯最上方的平台，只见纯一他们正站在紧闭的大门后。

“这个根本打不开！该怎么办啊？！”

“用力推啊！”

通往平台外的大门好像生锈了，怎么推也推不动。时间在流逝，灯塔外烟花的爆炸声越来越紧凑。

“快点打开！烟花都快放完了！”

和弘歇斯底里地大叫起来。

“这不是才刚刚开始吗！那我们所有人一起撞吧。”

纯一忽地开始转动起胳膊：

“我喊一、二、三，我们一起撞！准备好没……喂，你们快点准备啊！”

“啊，哦……”

敌不过纯一高昂的气势，我们所有人挤成一排。

“上了哦……一、二、三！”

在纯一的指挥声下，我们五个人一起朝着大门撞了过去。

哐当。

没想到大门这么轻易就被撞开了，轰咚一声，所有人都倒在地上，乱成一团。

“好痛……”

“喂，滚开啊！”

“是谁压在我身上啊！”

在混乱的吵闹声中，最高处的纯一越出栅栏，探出身子，大声叫道：

“圆的还是扁的？”

随后，和弘与稔也跑到栅栏处。

咻……发射到空中的烟花炸开了，我们同时向上望去。

“是圆的？是扁的？”

像是在回应稔的话一样，烟花在空中炸开了……

轰隆！轰隆隆！

我瞠目结舌地看着天空中同时炸开的数个烟花——不论哪一个都是扁扁的椭圆形，也就是扁的烟花。它给人的印象与之前截然不同，就像是无精打采地在空中炸开一样。

“你看看！是扁的啊！”

纯一欣喜若狂地和稔击掌，而和弘则目瞪口呆地看着眼前的烟花，一句话也说不出来。纯一和稔不仅兴奋地抱在一起，还大叫着："所有的暑假作业！赚了赚了！"可在我听来，那两人的话仿佛是从很远的地方飘来的。

其实，烟花不论是扁的也好，圆的也好，这种事根本无所谓。但我就是觉得无法接受。好奇怪，真的好奇怪！总觉得好恶心。

我呆呆地看着眼前的烟花，身边的和弘小声嘀咕道：

"这不可能！烟花怎么可能是扁的呢！这太奇怪了！"

是啊，这太奇怪了。烟花……应该是圆的才对。这世上怎么可能有扁的烟花呢？但是，现在我所看到的烟花，的的确确就是扁的。

到底，到底为什么会发生这种事？

我又为什么会笃信烟花是圆的呢？

"怎……怎么可能会有这样的事……"

"都说了，这世上不可能发生这样的事！"

突然，和弘的嘀咕声与不知何时听到的祐介的发言重叠在一起。

就在那一刻，我的两段记忆忽地明晰起来。

"要是……要是我那个时候……赢了的话……"

心里念叨着这样的话，我在那时掷出了那个不可思议的球。

Y字形路口的分叉点，原来就在那里。

所有不可思议的事情，一定都是荠捡到的球所引发的。在我强烈的祈愿下，一切都回到了起点。

现在，我要做的事情只有一件！

我握紧口袋里那颗不可思议的球，对着祐介喊话道：

“祐介！”

不等他回复，我继续说道：

“我会把荠夺回来的。”

【灯塔上】

镜头闪现——

周围在光芒的笼罩下仿佛变成了异次元空间。

泳池中，典道和荠四目相对。

在典道的房间里，典道和祐介正在对话。

祐介:“你想想啊，烟花不论怎么看都是圆的啊。”

典道:“咦，是这样吗？”

祐介:“那是当然啦，什么？等会儿，你认真的？”

典道（有些不好意思）:“不，这个，也是……”

祐介:“你是不是傻？世界上哪有扁的烟花啊。那毕竟是火药在爆炸啊，不论怎么想都只可能是圆的吧。”

典道:“可是……如果真的是扁的话，那会怎么样？”

祐介:“都说了，这世上不可能发生这样的事！”

回退——

回到灯塔。

典道从口袋里拿出小球，瞄准夜空中的扁烟花用尽全力掷了出去。

典道:“要是我啊啊！”

小球发出的不可思议光芒越来越刺眼，周围仿佛变成了异次元空间。

典道，祐介，纯一被光芒笼罩着。

所有人:“啊？！”

"要是……要是我和荞一起乘上了电车！"

如果的世界・其二

电车正从远处驶来，哐当哐当的声音逐渐变大，为了让墙壁另一端的荠听清楚，我大声喊道："喂，电车来了哦。"

"嗯，我换好了。"

我低着头望过去，一双鲜红色的浅口女鞋首先引起了我的注意。往上看去，荠的脸上浮现出害羞的神情。

稍微露出胸口的黑色连衣裙，蓬松的波浪形秀发。她是化了妆吗？嘴唇上似乎涂着浅浅的口红。

现在的荠和刚才相比，简直判若两人。看着这样的她，我总觉得自己好像曾经见过这样打扮的荠。

大概是因为我一直盯着她看，她不好意思地别开了视线，小声嘟囔道：

"怎么样？看起来像十八岁了吗……肯定很像，对吧？"

"啊……不……嗯……"

我绞尽脑汁也无法想出像样的话语，脑子里一片混乱，不知道该如何是好。

突然，她从口袋里拿出了一件东西。

"你看看这个。"

"什么？"

荠拿着我之前见过的那个不可思议的球。

“这不是……你在泳池的时候给我看的东西吗……”

“今天早上我在海边捡到的……也不知道为什么，我看到它，就想离开这个地方。”

“……”

荠依旧注视着手里的球，继续说道：

“不对……并不是那个时候决定的……”

“是因为我在游泳比赛中赢了，对吧？”

突然被我抢先说出口，荠不由得露出吃惊的表情。其实，我心里比她还震惊。

看到穿着连衣裙的荠，我内心总觉得怪怪的。一开始，我还以为只是自己看入迷了，后来才发现并不是这么回事。

我会觉得奇怪，是因为我曾见过这一幕。

寂寥冷清的茂下站月台，被橘色与黄色渲染还带着一抹群青色的天空，站在我面前的荠，还有她手里握着的球——这一切的景色和这所有的感觉，我都确实见过，体验过。

这并不是什么即视感或是deja……这大概……不对，毋庸置疑，我肯定不是第一次站在这里。

而且我知道，在这之后会有某件事发生……那是一件令人十分讨厌的事……

哐当！

茂下电铁发出警笛声，渐渐驶入车站。

“你愿意和我一起走吗？”

茅凝视着我的眼睛说道。

饱含泪水的目光——那是我见过的，似乎在祈祷一样的眼神。

“……”

耳边哐当哐当的声音中混入了刹车的声音，电车慢吞吞地驶入车站。

过不了一会儿，电车就会完全停住，车门也会打开。

我现在到底该怎么办？和茅一起坐上电车吗？坐上电车后，我们要去哪里呢？

我搜肠刮肚地想着，可仍旧毫无头绪。我唯一可以肯定的就是，再这么下去，一定会发生什么讨厌的事情。

“我说，这之前也……”

检票口的方向传来尖锐的叫声，仿佛撕裂了我和茅之间的空气。

“茅！”

对，就是这把声音，这把声音总是会带来“令人十分讨厌”的事情。

定眼望去，那里站着我预料中的两个人，也就是茅的母亲和一个中年大叔。满腔怒火的两人从检票口气势汹汹地逼近我们。

看着他们满腔怒火的样子，我虽然吃了一惊，却不觉得害怕。这时，手里拿着手提袋的茅撞开了我，向车站尽头的围栏跑了起来。

“茅，你给我站住！”

荠的母亲一边发出愤怒的嘶吼，一边从我身旁经过，那个男人则跟在她身后。我看着他们追赶荠的样子，开始思考接下来要做的事情。这之后，荠要被……

“荠，你到底在想些什么呢？！”

还未跨过围栏，荠就被她的母亲逮到了。

“不要！放手！放开我！”

即使她全力挣扎，可还是被她母亲扯住一只手，另一只手则被大叔抓住。他们就这样拖着荠往我这边走来。眼前发生的一幕幕，我都觉得似曾相识。虽然清楚这一点，可不知为什么，我依旧无法动弹。

“典道同学！救救我！”

这个声音我也听过，而且是数次。以前，我浑身僵硬，动弹不得。而现在，我是因为不知道要做什么而愣在这里。

大脑愈发混乱，茫无头绪。但是，只有一点我可以肯定，那就是，我千真万确见过相同的一幕。

“不要！我不去！我不想回去！”

荠撕心裂肺的叫声越来越远，我必须去救她……我心里明明这么想，双脚却仿佛被死死焊在地面一样，无法踏出一步。

“不要碰我！喂，快放开我！”

荠悲痛欲绝的声音愈发遥远了。到底要怎么做……我到底……

“典道同学！救救我！典道同学！”

茅满脸泪水地哭喊着，我猛地抬起头。尽管右手被大叔抓住，但茅仍然拼命地挣扎，手里一直握着的球也随之轻轻地掉了下来。

就在球快要落在地上的那一瞬间——

我仿佛从地面的束缚中逃离出来，迅猛地跑向茅那边。

不能让她被这么带走！

我追向已经被拉到检票口跟前的茅，冲动地抓住了大叔的手。

“你这是在搞什么？！”

“放手！”

我已然拼尽全力地去拉扯，可那布满结实肌肉的手臂几乎纹丝不动。大叔用被我拽住的胳膊……没错，他会用胳膊肘撞击我！我条件反射般向后侧身，肘击落空了。一时间，他失去了平衡，我趁机用全身的力气撞向大叔，右肩深深地撞入他的侧腹。

“呜哇！”

大叔发出短促的叫声，然后腿脚不听使唤地重重倒在地上。

我的左手也撞在了砂石地上，手掌间传来一阵刺痛。忍着疼痛，我又向后发力，借着力量，我立刻站了起来，同时对着茅大喊：

“茅！”

这是我第一次直接呼唤茅的名字，而不是她的姓氏。但在这种情况下，什么都无所谓了。茅的母亲被我与大叔之间的打斗吓到，不自觉地放开了茅。注意到这一点，我立马向茅伸出右手。与此同时，电车的车厢也马上要关闭了。

“走吧！”

我抓住荠的手腕，使劲把她拽入电车内。

就在电车门彻底关上的前一刻，我们扑通一下倒在了车厢里。

“荠！你给我站住！”

不顾车门外荠的母亲的嘶吼，电车左右小幅度摇晃着，慢吞吞地出发了。

我扶起荠。此时，电车已经完全驶出月台，月台处荠的母亲和大叔的身影也渐渐离我们而去。离开月台后，视野中的天空顿时开阔起来。和刚才我眼中的天空相比，蓝色愈发浓重了。

夜幕就要降临，对了，今天可是烟花大会的日子。我和纯一他们……不对，我和荠一起……奇怪，到底是哪一边？我到底和谁约好了去看烟花大会来着？我追溯着记忆，无意间望了望自己的左手，然后发现手里正握着那个不可思议的球。

咦……我什么时候拿着的？刚才在月台上，它不是从荠的手上掉下来了吗……这是怎么回事？

在我满心疑惑的时候，荠的声音打断了我的思路。

“真厉害啊！典道同学，你打架真厉害。”

回过头去，荠已经坐在了电车长椅上。

“啊，不，那只是我一时冲动而已，等等，那个人是谁啊？”

“嗯？是我妈妈的再婚对象哦。”

“什么？”

即使她勉强装出若无其事的样子，但从那移开的视线中，能看出荠对那个大叔抱着一言难尽的复杂感情。

“是吗……”

是继续追问呢，还是赶快转换话题呢？我一时拿不定主意，不知道该如何是好。

“别管了，先坐下吧，毕竟我们难得包一次车。”

我环视车厢，只见这狭窄的车厢内只有我与荠两人。在她的邀请下，我向长椅走去。不知为什么，我总觉得自己有些害羞。在电车驶入不长的隧道，短暂地陷入黑暗时，我趁机坐在离她约七十厘米远的地方。

“妈妈她……又要结婚了。”

电车转眼间就离开了隧道，此时我才发现荠的侧脸比我想象中还要近。我不由得慌了神，正打算挪动身子稍微离她远一点的时候，没想到反而离她更近了。

“真是厉害啊！这都第三次了！”

我坐稳身子，思考着如何回复她的话，但最终只能支支吾吾地说道：

“这样啊……”

荠的母亲和荠已经去世的生父其实是二次结婚，这件事我还是知道的。

“妈妈第一次婚姻就出轨了，而对象正是我爸爸。因为不小心怀上了我，两个人就私奔了——简直就和电影、电视剧里的主角们一样嘛。我是私奔情侣生下的孩子呢，是不是超酷啊？”

看着她满脸不在乎地讲述有关自己身世的沉重话题，我只能用听起来尽量显得平静的语气回复道：“啊，是吗？”心里则越发沉重起来。

在茅她们家刚搬来这里的时候，我曾经从父母的对话中听过这样的事情——也不知为何，那时候母亲一脸诧异说出的话，到现在还会时不时在我耳边萦绕。

“他的妻子，看起来挺招男人喜欢呢。”

那句“招男人喜欢”曾让我迷惑不解，可现今，我已经了解了它的含义。

茅的父亲去世后不久，她的母亲便开始在快餐店打工。那时候，茅的母亲很受茂下镇大叔们的欢迎，大概“招男人喜欢”就是这个意思吧。

“但是，爸爸他死了。”

茅的声音突然降了一个音调。

她父亲去世的日子正好是一年前的今天。

在地震引发的海啸灾害过去之后，离开茂下镇的冲浪者们陆续回来了。她父亲经营的那家冲浪店也有了生意，店铺兴旺起来。就在那个时候，他父亲为了救一名从东京来的冲浪新手，不幸被一同卷入浪潮中。茂下镇的浪涛汹涌湍急，她父亲被海浪冲到海滨上时，已经是两天后的早上了。

那天发生的事情还清晰地刻印在我脑海里。一大早，爸爸和妈妈就乱成一团，我跟着跑出家门的父亲来到茂下镇的海岸边。海岸上人山人海，而在海滨，荠和她的母亲哭喊着抓住一块稍微鼓起的蓝色薄布。

丝毫不在意波浪的冲刷，浑身湿透的荠对着薄布高声哭喊着。就算我只是在一旁远远地观看，也能知道她抓住薄布的手已经变成了惨白色。

“那之后才过了一年而已，妈妈居然就有了新的男人……简直难以置信……”

如今，荠和当时一模一样，紧紧地握着拳头。尽管她低着头，我无法看到她表情，但从她握紧拳头的模样来看，我总算是弄明白了一直困扰着我的好几个问题。根据我的推测，荠这次离家出走，恐怕是因为无法接受她母亲的再婚对象，她讨厌和那个大叔一起生活，所以逃出了家门。

“所以你就离家出走了？”

我盯着她的侧脸问道，可她还是低着头，一声不吭。

“是这么回事吧？”

突然，荠猛地站起身俯视着我，说道：

“话说，你能不能别一个劲地说离家出走？幼不幼稚！”

看着她堵在我眼前的样子，我竟然有些被吓到，为了掩饰自己惊慌失措的表情，我反问道：

“那你让我说什么？”

荠向前倾了倾身子，用食指点着我的鼻子，凑近我说道：

“私——奔。”

“什么？”

“我和典道同学正在私奔，谁叫我的血液里也有着妈妈放荡的基因呢。”

“……”

面对那个无懈可击的微笑，我的血液却躁动不安起来。我必须赶紧说点什么，否则就会被她看到——我那张立刻涨得通红的脸。

“之后我们要怎么办？”

咦，不由自主地说出这句话之后，连我自己都吓了一跳。这样一来，不就表示我接受了荠所说的“私——奔”了吗？！不对不对不对！我可没答应！毕竟我才初一呀，还在过暑假呢，还没做暑假作业呢……我整个人都混乱了，大脑陷入崩溃中，而站在我面前的荠仍然直直地凝视着我。

“我刚才不是说了吗，我们去东京，两个人一起生活。”

“什么？”

“如果不能去做夜晚的酒水销售员，那我就去当偶像吧。”

“哈哈哈，你在说些什么呢？”

听着这些不知道从哪里冒出来的想法，我不禁笑了起来，可荠还是那么一本正经，脸上露出难以捉摸的微笑。

“不行吗？我觉得自己还可以啊。”

她突然挺起胸膛，伸直腰背，闭上眼睛，深深地吸入一口气——

黑夜过去，黎明一定会来到，你自言自语地说。

咦，唱起歌了？

听着茅毫无预兆地唱起了一首我从未听过的歌曲，我迷惑不解。虽然心里清楚车厢里除了我们两个人之外，别无其他乘客，但我还是忍不住左顾右盼起来。

茅丝毫不理会东张西望的我，继续唱道：

海角上的灯塔，遥望着昏暗的大海。

她缓缓睁开紧闭的双眼，注视着我。忍受不了她的目光，在下一段旋律来临之前，我慌乱地打断她。

“咦，等……等一下，这是在做什么？”

“这是我妈妈在卡拉OK经常唱的歌。听说是一位叫松田圣子（注：日本著名女歌手，演员）的歌手唱的歌，我从小听到大，歌词都记住了。”

茅十分自然地回答了我的问题，然后继续开口唱道：

不论是烦恼的日子，还是沮丧不安的日子，因为有你，我都能坚持下去。

我本想吐槽她为什么一言不合就唱起歌来，而且这是什么歌啊！但是听着她越来越响亮的歌声，不知怎么的，我不禁沉醉在歌声中。

夕阳下，射入车厢内的光线愈发温柔起来，那道光照亮了荠的脸庞。尽管车厢里只有我一位听众，但现在整个古旧的车厢仿佛变成了只属于她的舞台。

朝阳从水平线上发出了耀眼的光柱。

我远远地望去，在海平线那边，夕阳缓缓地下沉。即使不同于歌曲中的朝阳，但海面上光芒四射的景色，真的就如同光柱在迸射一样。

笼罩着两人的，琉璃色的地球。（注：荠所唱的歌是松田圣子于1986年发表的《琉璃色的地球》。）

唱到这一段时，荠似乎是心满意足了，又默默回到我身边的座位坐下。

我不知道歌曲中的“琉璃色”是什么颜色，但看着正对夕阳的另一侧天空渐渐染上深蓝色的画面，我不禁想到，那会不会就是所谓的“琉璃色”呢？

灯塔，海，光柱，两个人……荠在歌曲里提到的元素仿佛昭示着今天一天在我身边发生的事情。

我本想和纯一他们一起去茂下的“灯塔”，荠早上出现在“海”边，我用力掷出那不可思议的球时发出的“光柱”，还有我和荠“两个人”所经历的——如果的世界。

尽管还有些不确定，但我应该是摸索到了一切奇怪现象的起因。

只要我在内心强烈地祈求着“要是那个时候我做到了什么”，左手再把那不可思议的球掷出去，我就能回到“那个时候”。也就是说，这个球——先称它为引发“如果的世界”的“如果球”吧——就是引发这一切匪夷所思现象的根源。

说起来，这个被荠在海边捡到的“如果球”，到底是什么东西？我对SF、穿越或男女互换身体的电影，小说和动画真的一点兴趣都没有，但我今天所体验到的种种离奇事情，难道不正是上面那一类状况吗？可即使到了现在，我也无法断言这一切是不是现实，说不定这只是我一个漫长的梦而已。等我睁眼醒来的时候，说不准我又会坐在马桶上，听到母亲歇斯底里的“快点吃早餐”，吃完早餐骑上破旧的自行车冲下坡道，又与祐介，纯一还有稔四人一起比赛，还沿着海滨人行道飞驰……然后望到了站在海边的荠……

等等，这不可思议的一天都是因为荠在海边捡起了“如果球”，一切都是从那里开始的。

一开始，荠在海边捡到了“如果球”，然后在Y字形路口的混乱中，我把“如果球”掷了出去，由此引发了第一次“如果的世界”。这时，我回到了荠的身边，可是因为荠再次被她母亲带走，“如果球”又回到了我手上，由此开始了第二次“如果的世界”……随后，我再次回到荠的身边，“如果球”再一次回到我的手中……

要追根溯源的话，为什么荠会在今天早上捡到“如果球”呢？

“其实我自己心里清楚，‘私奔’什么的根本只是梦话……”

荠的喃喃自语让我回过神来。

这和之前刚上电车时情绪一会儿高涨，一会儿低落，一会儿又突然自顾自唱起歌来的荠不太一样。这次，荠久违地用平常的语气说道：

“但是，在搬家前……在暑假结束前……”

什么？搬家？扑通！心脏剧烈跳动的声音仿佛传到了体外。

其实在上电车之前,不光是荠,我的心情也犹如过山车一般——情绪起起伏伏，行为令人困惑不解，甚至连我自己都不知道自己在干什么……而刚才她那句“搬家”，却让之前所有的感情起伏都黯然失色，给我造成了前所未有的冲击，我的心也随之轰鸣起来。

从早上到现在，我所经历过的事情都不像是在现实中发生的，但它们的的确确是我真实经历过的“现实”。

而刚才荠说出的“搬家”，却给我一种太不真实的感觉，使我根本体会不到一丝现实感。

这不就意味着荠要永远离开茂下镇了吗……而且也意味着我再也见不到站在眼前的荠了……原来如此，她母亲的再婚就意味着要把荠一起带走吗?

从小到大，我没有离开过茂下镇一步，根本意识不到这个理所当然的问题。我一直以为——即使荠的母亲再婚，就算荠再怎么讨厌那个再婚对象，她还是会留在茂下镇。

“什么？搬家？”

我使尽全身力气才在嘴边挤出这句话来，声音太过微弱，也不知道茅听到没有。虽然她还是低着头，但我能看出她微微点了点头。

“所以……所以在此之前，我想趁暑假的时候……就在今天……和典道同学—……”

电车来到铁路与公路的交叉处，渐渐响起的警笛声让我没能听清茅的话语。

什么？和我什么？

因为无法向她确认，我只好用力握住手中的“如果球”。

为了夺回茅，我第二次引发了这个“如果的世界”，可即使我及时坐上了电车，仍然无法改变茅要离我而去的现实吗？

我低下头，映入眼帘的是我那双破旧的旅游鞋，还有茅那双鲜红的浅口女鞋……

那鲜红的颜色愈发灼烧着我的眼睛，烙印在我心里。

锵锵锵锵！

毫不照顾我此刻复杂的心情，交叉口刺耳的鸣笛声越来越响，像是要给我那不知何去何从的烦躁感火上浇油。

这都是些什么破事啊！为什么茅要离开茂下镇？虽然再不再婚是她母亲的自由，但稍微站在茅的角度想一想就那么难吗？要是茅说出“我不想离开茂下镇”……不对，说不定茅已经向她母亲表达了自己的想法。正是因为不想搬家……她才动了离家出走的念头……但是，就像她自己说的那样，不过是初中生的我们怎么可能真的离家出走或私奔呢……那么，之后我们要如何是好……要怎样做才能让她留在这里呢？不对，并不是思考要怎样做。

要……要是……没错，要是……

就在我这么想的一刹那，左手突然传来一阵莫名的暖意。我手里握着的球好像正散发着温和的热气。不，除此之外，刚才还犹如铅球一样的墨黑色小球，在发热的同时，慢慢地变成红色。

是吗……要……要是荠的母亲没有再婚……不对，比这还要早，把荠逼得走投无路的真正原因是什么？

要是，要是……没错，要是荠的父亲没有死的话……

“我呀，是在爸爸那里捡到那个东西的。”

“什么？！”

听到她突然提起“爸爸”的话题，一时间我还以为她看穿了我的想法。但和我预料的不一样，她只是微笑着望向我。

“爸爸那里是指？”

“爸爸他……被打捞上来的地方……”

“原来……”

今早的画面忽地在我脑中再现，刚才我还在好奇，为什么荠会在那个地方呢？她这句话猛地提醒了我，让我回想起自己在那个地方的模糊记忆。

一年前，她在海边紧紧抓着被蓝色薄布包裹的父亲的遗体，而那里正是她今早蹲下捡东西的地方。原来，她父亲的遗体是在那里被打捞上来的啊。

对荠而言，那个地方就是她与父亲最后一别的场所。

我的左手不自觉地又握紧了手中的球,球的表面又变热了一些。我无法分清那到底是我传递给球的温度，还是球自己散发出来的热量，但有一点我心里很清楚——我知道自己要做什么了。

我要再次掷出手中的“如果球”,下一个“如果的世界”便是“如果，荠的父亲还活着”的世界。

我今天引发了两次“如果的世界”，一个是几个小时前，一个是几十分钟前。可这一次，我一旦掷出“如果球”，就要回到一年前的世界了，那是试图让逝去的人起死回生的世界……我不知道这么做是否正确,也弄不清楚现在我与荠所处的世界到底是怎么回事,而且我心里根本不在乎烟花到底是圆的还是扁的……我所想做的,我所要做的，是把荠……

我换了一只手，用右手拿着“如果球”。

回到一年前也就意味着我好不容易长高的七厘米又要回到原点，但是身高会随着时间自然成长……于是，我更加用力握住手里的球。好了，开始吧……

“如果……”

我站起身，做出要挥舞手臂的样子。突然，荠在窗外注意到了什么。

“咦，安云同学？”

“什么？”

被这意料之外的状况吓了一跳，我刚准备直起身子，立刻就像闹笑话一样滑稽地摔倒在地，手还不小心撞到了窗户。

电车正在逐渐靠近交叉口，而在电车外，可以看到祐介……不止是他，还有纯一、稔与和弘。

如果这是一列普通的电车，那这一切光景肯定会一闪而过，可这辆茂下电铁慢悠悠地，轰隆轰隆地驶过祐介一行人的身边，使得一切犹如慢镜头一般。

“糟了！”

就在电车通过交叉口的一刹那，我猛地低下头来，但还是看见了——祐介一行人在看到电车时的惊诧表情。

【交叉口】

电车驶过交叉口，警笛声停了下来，交叉口的护栏也升起了。

祐介他们目送着远去的电车。

祐介:“……”

纯一:“咦，刚才那个是典道吗？”

和弘:“什么，及川好像也在啊。”

纯一:“咦，祐介，这是怎么一回事？为什么典道会在电车上？而且为什么那两个家伙会在一起？”

稔:“难不成他们在交往吗？”

纯一:“真的假的？！”

纯一和稔玩闹一般地抱在了一起。

祐介望着逐渐远去的电车，身体犹如石化一般僵硬。

祐介:“这个混蛋！”

祐介追着电车在轨道上跑了起来。

纯一:“喂！你干什么啊！”

纯一一行人急忙去追祐介。

看着我背靠座椅，全身瘫软在地的狼狈模样，茅咯咯地笑了。

“哎，你怎么了？还有，你那张脸是怎么回事？”

我目瞪口呆还一脸滑稽的样子惹得她笑了起来。

看着茅再次展露笑容的模样，我不由得心动起来，不对，现在可不是想这种事的时候。

“啊，露馅了……被他们看到我和你在一起了……”

“那是什么意思，不能被他们看到吗？”

“不行啊……”

“为什么？”

“因为，我今天和他们约好了一起去烟花大会……不，更重要的是，其实祐介对你……”

“我又怎么了？什么呀？”

“嗯……也就是说……”

直到刚才，我都认为自己还有点帅气，然而现在，我居然是一副呆若木鸡的傻样。再加上祐介在车厢外的吼叫声，更是让我惊慌失措。

“典道，你给我等等，你这个混蛋！”

我走到车厢最尾端的车窗处，向外看了一眼，只见祐介他们正追赶着电车，在轨道上疯跑。

我们之间大概有三十米的距离……就算这个蜗牛电车再怎么慢，以一个初中生的跑步速度，是怎么也追不上电车的。可是，电车马上就要抵达下一站，现在已经在减慢速度了……话说回来，祐介干吗这么生气?

我现在正和茅一起坐在电车上……对了，我本应该和他一起去茂下神社，最后却当着他的面在家门前载着茅逃跑了……在祐介看来，我应该是横刀夺爱了吧……所以，他现在才会如此怒不可遏，我也并非不懂他的心情……打住，现在可不是考虑这种事的时候!

“咦，他干吗追着我们不放?好可怕!”

不知什么时候，茅也走到了车尾，还因为看到祐介拼命追赶我们的样子而吓了一跳。

“所以说……祐介他……喜欢……”

还没等我说完，茅就看着别的方向大叫起来:

“咦，妈妈!”

“什么?!”

顺着她的视线，我看到一辆小汽车正在与海边轨道平行的公路上奔驰。

她的母亲坐在副驾驶座上，而正在驾驶汽车的大叔好像边和她说话，边用手指着我们。尽管我不会唇语，但那恐怕是在说“他们在那里!快追上去”吧。

“这可怎么办啊，典道同学!”

荠揪住我T恤的袖口。

身后有紧追不放的祐介一伙人，旁边则是比电铁开得还快的小汽车——我不禁陷入深深的沉思中。

过不了一会儿，电铁就会在下一站的月台停车。那个时候，祐介可以从轨道那儿爬上月台，而借着比电铁还快的速度，荠的母亲和大叔恐怕会提前到达车站的检票口……这么一来，我们就会被两面夹击。

哐当哐当的声音间隔越来越长，电车开始减速。

“下车吧……”

“什么？”

“我们下一站就下车！”

如果说刚才拉着荠强行冲入车厢是因为我的意识还比较混乱，那我现在则是意识无比清醒地紧紧握住了她的手。握住手的一瞬间，荠的温度立刻传递了过来。

这之后不管发生什么事，我都不会放开她的手！

我内心如此下定决心，手上则更加用力。

我向轨道那边望去，此时，祐介他们已经来到了车站月台附近。

小汽车也停在了车站前的狭窄交叉口。车才刚停下，车门就迫不及待地打开了，荠的母亲和那个大叔立刻冲向我们这里。

嘎吱，嘎吱，嘎吱吱吱——

在刺耳的停车声中，电车慢吞吞地驶入了灯塔前站的月台。我很清楚地知道，不等电车完全停下，车门是不会开的，可我的内心还是忍不住焦躁起来。

咔嚓——车门在发出慢悠悠的响声后终于打开了，我瞄着荠，注视着她的眼睛，大声吼道：

“走吧！”

我们的手紧紧相握，冲出了车门外。突然，“荠——”一个震耳欲聋的声音响彻整个月台。完全不顾检票口工作人员的制止，荠的母亲凶神恶煞地向我们这边跑来。

而另一边，在轨道那侧——

“典道！你这个混蛋给我好好解释一下！”

祐介也嘶吼着冲上月台。

在荠的母亲和祐介的两面夹击下，我使劲拉着荠的手跑了起来。

“这边！”

我向正前方全力跑了起来。在车站的侧面有一排木制护栏，但现今已腐朽不堪，根本起不了护栏的作用。看准这一点，我和荠从护栏间的缝隙挤出去，就这样离开了车站。

“我们走吧！”

然后，我再一次加大了牵手的力度，拉着她往交叉口的反方向，也就是坡道那边跑了起来。

“好的！”

背后响起荠短促的赞同声，那声音包含着比同意更强烈的感情，我瞬间感觉自己作为男人，此刻变得更加可靠了。当我沉浸在这种想法中时，身后又响起了——

“荠！你给我站住！”

“典道！混蛋你给我等着！”

慌乱中，我跑得更快了。

我快速向后瞟了一眼，只见正打算跨过护栏的荠的母亲、大叔、祐介、纯一、稔，还有和弘正与年轻的车站工作人员挤成一团，场面鸡飞狗跳。

“等等！你们这些人！是怎么回事？！”“那是我女儿！我女儿她……”“我的朋友逃到那边去了！”“你们这群臭小子是从轨道那里跑来的吧！”“什么！不是不是不是……”“我要叫警察了！”

真是个千载难逢的好机会！他们之后肯定还会追上来的，所以一定要趁现在把他们甩得远远的。我在内心感谢着素未谋面的车站工作人员，跑上了标牌上写着“前方五百米处茂下灯塔”的缓坡。

我们迎着风不停前进，回过神来，才发现海风已经渐渐变凉。坐电车的时候，天空还是橙色的，而这时已经变成了群青色。

烟花大会马上就要开始了。

“我说！”

“什么呀？”

“我们这是要去哪儿？”

“你问我，我问谁？！”

“什么啊？”

“所以说，我也不知道啊！”

“那算什么回答啊！”

奔跑中，荠轻轻笑了起来。在我把荠从家门口带走的时候，好像也进行过类似的对话。当时的情况和现在真是一模一样——那时候，我们也是毫无目的地就出发了。

刚才瞄到一眼的指路标牌已经被我们甩在身后，朝这个方向继续前进的话，很快就能抵达茂下灯塔。搞什么嘛，到头来还是和纯一他们约好的一样，最终目的地还是灯塔。不过，这一切都是偶然，灯塔并不是我们一开始就约好的目的地。

不，事实上，我们原本就没有任何打算，更谈不上什么目的地。

“但是啊……”

“什么？”

我目视前方，开口说道：

“如果……如果荠要离开这里……消失不见，就算只有这一刻，我也想和你在一起！”

“……”

“……”

在我宣告完一生一世的表白后，荠居然一点表示也没有，仍旧沉默不言。我猛地清醒过来，这才意识到自己说的话是多么羞耻。这些话是我鼓足勇气才说出口的啊，现在竟然被完全无视了……这也太丢人了吧！

啊啊啊，我不该说出来的……就在我悔不当初的时候，被荠握住的左手突然有种不一样的触感。

我们之前一直手握着手，可荠突然松开了手，还将五根手指嵌进我的手指间，然后又重新握住我的手。这一次，我们十指相扣。

她用力地握住我的手，我也用同样的方式来回应她。

将来,如果不是山崩地裂,天摧地塌,我们的手都永远不会分开。

【通往大海的道路】

跟丢了典道和茅，茅的母亲、大叔、祐介、纯一、稔、和弘，东张西望地在路上走着。

远处的群山山脊处伫立着一排风力发电机，上面的螺旋桨静止不动。

庙会上张灯结彩，人头攒动，熙来攘往。海岸边响起了烟花在天空爆炸的声音。

纯一："唉——烟花大会不是已经开始了吗？"

稔："到底是圆的还是扁的？"

和弘："在这种鬼地方哪里看得清啊！"

茅的母亲（向着纯一）："喂，你知道他们跑到哪里去了吗？"

纯一："不，我什么都不知道。"

正前方突然走来两个熟悉的人影，那是手挽着手的三浦老师和光石老师。

三浦老师穿着浴衣。

光石："咦？"

三浦："嗯？啊！"

纯一他们注意到了眼前的两人。

纯一："啊！"

三浦电光石火一般远离光石。

纯一:“哇！老师果然有男朋友的啊！”

三浦（为了转移话题）:“不是的！你们在这里干什么？”

稔:“干什么？我们要去烟花大会啊……啊，话说，我们现在真的不去灯塔了吗？”

三浦:“啊？你们在说什么？”

纯一:“对啊！我们必须弄个明白！”

祐介本来一直保持沉默，却突然对稔所说的“灯塔”二字做出反应。

祐介:“啊！”

祐介转身跑了起来。

和弘:“喂！你这是要到哪里去？”

祐介（边跑边说）:“去灯塔！那两个家伙肯定在灯塔！”

纯一:“真的假的？！”

荠的母亲:“真的吗？”

所有人浩浩荡荡地跑去灯塔，周围陷入一片寂静，只留下三浦与光石两人待在原地。

三浦:“这些人干什么呢？真是的……”

光石:“奇怪，晴子你的身材，原来是这么不起眼的吗？”

三浦:“啊？”

光石:“嗯，与其说是不起眼，不如说……是这么一马平川的吗？”

光石正打算去碰……

三浦：“休想！你这个变态！”

三浦给了光石一巴掌。

登上坡道后，视野立即开阔起来。在海岸沿线小丘上的茂下灯塔处，可以清楚眺望到海岸的景象。海岸上的摊位鳞次栉比，悬挂着灯火，将海边照耀得熠熠生辉。摊贩间的小道上挤满了熙来攘往的人群。

而在昏暗且幽深的内海处，茂下岛时隐时现。靠着灯火，能看见烟花师傅匆忙的身影。

离烟花大会开始还有一段时间。

因为前有堵截，后有追兵，我和荠逃出车站以后，一直没有停下脚步，现在两人气喘吁吁的，紊乱的呼吸声在夜幕降临的小丘上回荡。

但不论怎样，我们总算是摆脱了荠的母亲，还有祐介那伙人。

我俩的手还紧紧相连着。现在，即使松手也无所谓了，可我和她都没有一丝想松手的意思。不对，就我自己来说，我不想放开她的手。

荠调整好呼吸，抬起头来。

“结果还是来了呢。”

“什么？”

“烟花大会。虽然绕了点路。”

“是吗……是呢。”

大概是因为终于没有人追赶，我们放下心来，沉浸在安心感中，再加上今天一天发生的事情实在太多，两个人竟然都把之前的约定忘得一干二净。我们不约而同地看着对方的脸，轻轻笑了起来。

“来都来了，我们不如上去看看吧？”

“上哪儿？”

我用手指了指灯塔。

“什么？上灯塔吗？上得去吗？”

“上得去哦。”

我牵着荠的手，一路把她领到灯塔矮门前。

我用手推开小小的门，铁门发出吱吱呀呀的声响后，轻松地被打开了。

荠有点不安地窥探着灯塔内部。

“哇，竟然还有楼梯呢。”

“虽然里面有点暗，但还是能爬上去的。”

“为什么你会知道这种事？难道你之前来过吗？”

“是呀，算是来过吧。”

“我们真的可以就这么进去吗？上面的牌子写着‘禁止闲杂人等入内’呢。”

“没关系的，毕竟我们可不是什么闲杂人等，我们与这里的关系大了去了。”

“什么嘛，你在说些什么呢？”

荠听完我胡诌的话，不禁笑了起来。我拉着她的手走进灯塔内部，在间隔相同的青白色紧急指示灯的灯光下，有一座一次只能走一个人的螺旋式楼梯。荠紧紧贴在我身后，配合着我的步伐，和我一同走上了楼梯。

她离我太近了，我的后颈能清晰地感受到她的气息，心脏顿时扑通扑通地剧烈跳动起来。按捺不住紧张又激动的心情，我一时间不知道该如何是好。

就在这时，墙壁外传来“咻——咚！轰隆！轰隆！”震耳欲聋的爆炸声。

“啊……”

“烟花大会开始了。”

“是呢。”

“典道同学。”

“怎么了？”

“烟花到底是圆的，还是扁的呢？”

“什么？”

“今天你们不是一直在教室里争论这件事吗？”

“啊啊，你这么一说，确实是这样……”

明明只是四五个小时前发生的事情，在我的记忆里却显得那么遥远，这大概是因为我不停地跳跃到相同的时间里，所以记忆混乱了吧。

“那还用说吗……当然是圆的啊。”

“你确定吗？”

现在想起来，真不知道当初在教室里我们到底在热火朝天地争论些什么。跟和弘说的一模一样，毕竟那是火药爆炸，不论从哪个角度看，都应该是圆的才对。

刚才……不，虽说是刚才，但我脑中有太多记忆纠缠不清，早已混乱不堪了。准确来说，我也不知道是什么时候的事，总而言之，我与祐介他们一起登上了灯塔，确实看到了扁的烟花。可这世上根本不可能发生那种事，因此我才引发了“如果的世界”——为了夺回荠，我纠正了之前的世界。

如今我和荠在一起，两个人能像这样紧紧握住对方的手，这样的世界才是正确的世界，所以烟花也应该是……

“当然是圆的啦。”

登上螺旋楼梯的顶点，我们来到了狭窄的平台处。

灯塔外烟花的爆炸声间隔越来越短。

根据我的记忆，这扇门应该是生锈了，无法轻易打开。

尽管我不想放开紧握着的手，但事到如今，也只能放开了。我抓住门的把手，将身体靠在大门上，打算用全身的力量把门撞开。在我一鼓作气的冲击下，门开了，我则因为收不住脚步而冲出了门外。

“呜哇！”

我摔了个踉跄，双脚摇摇晃晃冲向前方。万幸的是，我在求生本能下抓住了栅栏，避免进一步摔个大跟头。

“没事吧？”

“啊，嗯。没事。”

突然，从海岸方向传来咻的一声，我和茅一同望向天空。小小的火团笔直地射到夜空中。

几秒之后，随着轰隆一声巨响，烟花应该会以圆滚滚的形状在空中绽放开来……

为了亲眼见证这一点，我撑着栅栏站直身子，靠在茅的一旁。她正目不转睛地盯着夜空，为了看清她现在是怎样一副表情，我兴趣盎然地偷偷看向她的侧脸。

她眼神直率地注视着天空。在这漆黑的夜空中，她坚毅的目光就如同一颗明星，闪闪发光，我不禁被深深地吸引住了。

与此同时，我猛地涌起一个不安的想法——能像这样和她待在一起的时光还能持续多久呢？欣喜与失落在我的内心起起伏伏，让我感慨万千。

咚！轰隆！

绽放开来的烟花映射在茅的瞳孔中。在黝黑的瞳孔中四散开来的火花是……咦，这是什么？

“这个……”

茅抢先发出惊疑声。

“什么？”

我匆忙看向夜空……在天空中炸开的烟花，正以前所未有的形状向四面八方扩散开来……这个奇怪的形状……该如何描述才好？准确地说，大大小小的火花都以不一样的速度扩散出去。每一个火花似乎都有自己的意识或灵魂，柔弱无力地飞射出去，然后在天空中“抽动着”。

那个形状既不是圆的，也不是扁的，非要说的话，就是令人感到不快的怪诞形状。

“哎……这是什么鬼呀？”

“总觉得……好恶心啊……”

就像荠说的那样，这些烟花的形状没有一丝美感，只会让人觉得恶心。

难道说，这种奇形怪状的烟花是最新的发明？说不定这是一种全新的烟花？在我这么想的时候，夜空中又有别的烟花炸开了，可无论哪个都和之前的一样，既不是圆的也不是扁的，看起来就像阿米巴变形虫一样，十分恶心。

“荠……”

“什么？”

“不对劲……这个世界，不对劲……”

我第一次把“如果球”掷出去之后，和祐介他们在灯塔上看到的烟花是……应该这么说，那个“世界”的烟花是扁的。但是这世上不可能有扁的烟花，所以我再一次掷出“如果球”，然后我来到了这个世界。所以说，在这个“正确”的世界里，烟花毫无疑问应该是圆的……它必须是圆的才对。

我应该回到了一个“正确”的世界，一个烟花理所当然是圆形的世界。

“烟花不应该是这种形状……”

我呆呆地看着天空中那些丑陋而奇怪的烟花，自言自语道。

我顺利地救下了荞……就如我之前所祈祷的那样，而这些令人直犯恶心的烟花却仿佛在嘲笑着这一切。

难道说……难道说我所采取的行动，又或是和荞在一起的这一刻，全都是错误的吗?

就在我陷入一片迷茫的时候，左手的手指好像触碰到了什么——那是荞的双手。

她用柔软温暖的双手握住我耷拉着的左手。

“不论是哪一种都无所谓……”

“什么？”

“圆的也好，扁的也好，即使是这种奇怪的形状也无所谓。”

“……”

荞抬起头，注视着我。她的瞳孔中映照出了我心如乱麻，精神恍惚的样子。

她用直率的目光凝视我的双眼，喃喃细语道：

"只要和你在一起，这种事情怎样都无所谓……"

那直率的眼神里没有一丝迷茫或动摇。

我绞尽脑汁地思考如何回应她，却什么话也说不出来。我被她的目光深深吸引住，像要陷入其中一样。

突然，她的神情缓和了下来，淡然一笑。

我也不自觉地放松了紧绷的表情，两个人相视一笑。

说不定荠根本不觉得这个世界很"异常"，觉得这个世界"异常"的人可能只有我一个，但这些事情都无所谓了。只要能和她在一起，这个世界再怎么异常都无所谓……

"啊！他们在那儿！"

一道熟悉的声音瞬间破坏了我们之间的气氛。

我撑着栅栏，探出身子向下窥探，只见以纯一为首的几位朋友，以及荠的母亲和大叔，都在小丘的坡道上奔跑，他们的目标自然是灯塔上的我们。

祐介站在纯一的正后方，他正恶狠狠地瞪着我。

"你在做什么呢！"

"荠！"

和弘大声吼道，不料荠的母亲尖锐的高音更胜一筹，将他的声音盖住了。

"荠，你在做什么？赶快给我下来！"

今天，我已经无数次领教过她歇斯底里的嘶吼声了，但这一次，她的吼声是最响的，包含的情绪也最为激动。

“喂！典道！”“混蛋，你在那里做什么呢？”“茅！”“你给我立马下来！那里很危险的！”“你们是怎么上去的！”“啊，这里有一扇门开着！”

尽管所有人的声音都混杂在了一起，但最后高声提醒门开着的家伙就是稔，只有这点我不会听错。稔站在灯塔的正下方，窥探着灯塔的内部。

“喂！你们看，这里还有楼梯呢！”

对这番话率先做出反应的是祐介。

祐介并没有和纯一他们站在一起，而是直直地盯着我们，然后忽地向灯塔大门跑了过去。茅的母亲也不甘示弱，紧跟着祐介跑了起来，两人的身影消失在灯塔内部。

“喂！祐介！”

被落下的纯一一行人还有那个大叔也慌忙跟了进去。

聒噪的喧哗声和愤怒的嘶吼声全部消失，取而代之的，是螺旋楼梯上响起了乒乒乓乓的脚步声，而且声音越来越急促。

“现在可怎么办啊……典道同学，这可怎么办啊……”

茅不安地向我求救。

“……”

可恶！结果还是要被他们抓住吗？不论烟花是圆的，还是扁的，甚至是这种恶心的形状，我都无法和茅在一起吗？我心里很明白，离家出走也好，私奔也好，那都是痴人说梦罢了，就算我们两个人能在一起，也只限于今天而已……到了晚上，我必须回家，荠也不例外……但是，哪怕只有一天，我也希望能和她一起……一起待到烟花大会结束啊！

要是刚才——在电车通过交叉口的时候没有被祐介他们看到……又或是没有被荠的母亲驱车追上的话……要是，要是能这样的话！

“荠……我们去只属于我们两个人的世界吧。”

我从口袋中拿出“如果球”。

“我要掷出去了哦。”

“什么？”

我用左手牵起荠的手，用右手紧握住“如果球”。

这次，我们要去一个只属于我们的“如果的世界”。

夜空布满了奇形怪状的烟花，我以它们为靶子，右手臂用力挥舞，蓄势待发。

“要是！要是祐介还有荠的妈妈……”

哐当！

就在“如果球”离开我手的那一刹那，身后的大门哐当一下被打开了。

“典道！”

祐介猛地冲了过来，狠狠地撞上我和荠。

“什么！”

在他猛烈的冲撞下，我和荠不由得向前倒去。我条件反射地伸手想去抓栅栏，但冲撞的力度太大，手抓空了。

“啊……”

周围的景色开始天旋地转，下一秒，我整个人都飘在半空中。

我和荠就这样手牵着手，从平台上掉了下去，直坠大海……呜哇哇啊啊！我要死了吗？！就这么掉进大海里死去吗？！

坠落的速度越来越快，眼下幽深的大海离我们越来越近。

我不想死！

我挣扎着把脸转向天空，刚掷出去的“如果球”正朝着在夜空中炸开的烟花飞去。

我想起刚才还没说完的话，于是用尽全力大声喊道——

“要是……要是我能和茅在一起的话！”

如果的世界·其三

回过神来，茅正站在我面前俯视着我。

黑夜过去，黎明一定会来到，你自言自语地说。

啊……是这里啊……原来回到了这里啊。

和前两次“如果的世界”不同，在第三次“如果的世界”里，我确实感觉到一种“回来了”的感觉。

茂下电铁的车厢在哐当哐当的声音中摇摇晃晃。我看向车窗外，日暮时分的天空被浸染成深红色。这不是什么既视感，我真的就在此处。

“这是我妈妈在卡拉OK经常唱的歌呢。听说是一位叫松田圣子的歌手唱的歌，我从小听到大，歌词都记住了。”

“啊……是这样吗……”

就连这个含糊的回答，我都记得一清二楚。

不论是烦恼的日子，还是沮丧不安的日子，因为有你，我都能坚持下去。

听着她的歌声，我的大脑飞速转动起来。这难道是之前我在电视上看到的……穿越时空的……什么来着？好像是关于一名少女在一天之内不断穿越时空的故事，说不定我的情况也是那样？而我是必须在心里祈祷什么，再掷出“如果球”……咦，“如果球”去哪了？

我感到有些不对劲，立即看了看左手，可手中空无一物，“如果球”不见了……但是，刚才我和荠一起乘上这列电车的时候，我的左手里确实拿着“如果球”。

仔细想想，第一次和第二次来到“如果的世界”时，手里拿着“如果球”的人都是荠。我看了看荠，可她手里也是什么都没有。我再次摸了摸口袋，“如果球”也不在那里。难道说，那个东西掉在哪个角落里了？

“你在干吗？到底有没有好好在听？”

荠唱完歌后坐到我旁边。

“啊，我说……那个球去哪了……”

“什么球？”

“就是你之前在海边捡到的那个球啊……”

“啊，你说那个啊，肯定是刚才上电车时弄丢了。”

“这样啊……”

仔细一想，“如果球”的确是在荠拼命挣脱大叔的手时掉在了地上。“如果球”落向砂石地面的过程像慢镜头一般，落地那一刻，我疾速跑了起来。

接着，我拉着她的手勉强赶上了这列电车……

通过掷出“如果球”来到“如果的世界”——莫非这种方法只能使用三次？也不知道是谁设计的，居然在使用机制里限制了使用次数。

这就意味着在这个世界里，我再也不能用“如果球”前往其他

“如果的世界”了。

“我呀，是在爸爸那里捡到那个东西的。”

“什么？！”

“就是爸爸他……被打捞上来的地方……”

听着她开始谈论她的父亲，我打了一个冷战。茅说起她的父亲时，电车正要接近交叉口。我侧耳倾听着锵锵锵的声音，交叉口的警笛声越来越近。

“快躲起来！”

“啊，什么？”

“快一点！”

茅还一头雾水，我执意搂住她的肩头，一同向前倒去，两人向前屈着身体。

“你在搞什么啊？”

我不理会她提高声调以示不满的问话，内心拼命祈祷着快点离开交叉口。

随着交叉口的警笛声越来越小，车厢里又传来哐当哐当的声响。我站起身子望向窗外，确认祐介他们没有看见我们。交叉口，纯一和稔正戏弄着和弘，两个人笑嘻嘻的。一旁的祐介则停下脚步，向我们这边看了过来。不过，距离这么远，即使他看向这边也不可能看到我们……应该是躲过这一劫了。好咧，解决了祐介这边的事，之后就是……

“咦，妈妈？！”

茅注意到一辆小汽车正奔驰在与海边轨道平行的公路上。

她的母亲坐在副驾驶座上，正在驾驶汽车的大叔一边和她说话一边用手指着我们。接着，小汽车开始提速，打算追赶我们搭乘的电车。

“这可怎么办,他们一定会守在月台上的,我又要被抓住了……”

“不，大概是没问题的。”

“什么？”

刹那间，电车发出“吱呀吱呀——”的响声，然后猛地向右边大幅度倾斜。

“呜哇！”

“哎呀！”

在激烈的摇晃中，我跌倒在车厢地板上，茅则倒在了长椅上。

茂下电铁从市内出发，终点站是茂下站，这本该是一条笔直的线路。

然而，电车现在突然九十度大转弯！一般来说，这是不可能发生的。

车厢仍在颠簸，我勉强站起来望向窗外，理应和电车轨道平行的公路离我们越来越远。电车开往海边，向着沿海防护林一个劲地挺进。

原来如此……这么一来，我们就不会在灯塔前站的月台上被茅的母亲和大叔抓住了。

一想到终于顺利避免了之前世界中的失败，我不禁长吁一口气，放下心来。

“典道同学，这里好奇怪啊……”

茅望向窗外，眼睛瞪得圆圆的。

“什么？”

“你看。”

我也望向窗外，郁郁葱葱的沿海防护林展现在我眼前。

令人惊讶的是，树木并不像之前社会课老师教的那样。我还清晰地记得在课堂上老师所说的话：“茂下镇的沿海防护林由黑松构成，黑松的树干坚韧挺拔，在对抗污染以及盐害方面很有帮助。”我看到的景象却截然不同，大片树木的树干都是弯曲歪斜的。这让我回想起在前一个世界里看到的离奇烟花。

“这是怎么回事？”

“我也不清楚……”

虽然这么说，但我心里好像隐隐约约明白了什么。

在我今天一天所体验到的各种各样的“如果的世界”中，有的世界的烟花是扁的，有的世界的烟花是奇形怪状的，有的世界的西瓜冰棒是圆形的，有的世界的风力发电机的螺旋桨是逆时针旋转的……总而言之，一切都和我原本所处的世界不尽相同。因此，在这个“如果的世界”中，也会出现和原本的世界不一样的风景。

圆的东西可能会变成扁的，挺拔笔直的东西可能会变成弯弯曲曲的……所以这些黑松才会一棵棵都歪七扭八的，所以本该是笔直前行的电车才会突然九十度大转弯。

然而，心头萦绕的疑问始终解决不了——这列电车到底要开往何方？

车窗外，随着电车不断前进，周围密集的黑松林突然变得稀疏。

下一刻，电车突然前倾，我和荠轻轻地悬空了一下。越过驾驶舱可以看到前方是一片汪洋大海。

“什么？”

我们的身体还在晃动，向前倾的电车已经平稳下来，开始水平行驶。大海仿佛变成了滑冰场，电车在冰面上行驶着。刚才还震耳欲聋的轰隆声戛然而止，车厢内悄然无声。

“骗人的吧……”

“话说，难道……电车正在海面上行驶吗？”

“好像是这么一回事呢。”

电车外的不远处就是热闹非凡的茂下海岸。

海岸边挤满了等待烟花升起的人们。另一侧，庙会摊位前张灯结彩，把海边映照得灯火辉煌。从车厢内另一边的窗户看去，茂下岛隐约漂浮在海湾的正中央。岛上，烟花师傅们正匆忙准备着。

如此看来，我们搭乘的电车正在横穿这片无垠的静谧大海……但电车的目的地到底是哪里？这一切说不定和第三次“如果的世界”有关，而且这一次我们手上并没有“如果球”。

我在心里细细地思索着：今天我曾数次重返过去的时光，来到“如果的世界”。想必这个“如果的世界”就是最后一次了吧。

就在不久前，我用尽全力掷出“如果球”，内心祈祷着“要是……要是我能和荠在一起的话！”而“如果球”也实现了我的愿望，我们躲过了祐介那伙人，又避开了荠的母亲。这次，我们终于能单独在一起了。

可我错了，在这个愿望中，我忘记说一件重要的事情了。

本来我无论如何都不应该忘记的，我本应该说：要是……要是我能和荠一直在一起的话……

“咦，这到底是怎么回事……”

荠贴着车窗遥望海岸边热闹的景象，喃喃细语道。

“因为我掷出了那个球啊。”

像是回答她的问题一样，我如此说道。

“什么？”

“就是你在你父亲去世的地方捡到的那个球啊。”

“你在说什么呢？我完全听不懂。”

“如果有这么一个球，在你祈盼能回到过去的某个时间和地点时帮你实现愿望……如果有这样的球……你想回到哪里？”

“怎么可能会有这种事？”

“所以说那只是如果，如果有这种事……”

“你突然这么说……我也不知道怎么回答啊……”

“你会不会想回到你父亲还活着的那个时候？”

“你说什么？”

“说起来……我其实……在那个时候掷出去了。”

“什么时候？”

“要说的话……不止一次了。”

“真的吗？”

“放学后，在你家附近的Y字形路口，你不是被你妈妈强行带走了吗？”

“什么啊？”

“就在那里，我第一次掷出了那个球。”

“等一下，等一下。你到底在说些什么？”

“你难道不记得了？”

“什么不记得了？那是什么时候发生的事情？”

“今天呀。”

“今天？”

“日落的时候。”

“现在不就是日落的时候吗？还有啊，你记错了吧？我被妈妈抓走是在刚才的月台上。你认真回想一下，就是在我们乘上电车之前啊。”

“不对，我说的那一次是第一次‘如果的世界’……所以说，我们今天曾好几次回到过去。你真的不记得了？”

“你胡说些什么呢？典道同学，你这是怎么了？”

“这都是因为我把球掷出去了……”

“……”

“你不相信我？”

“……”

“看来即使我这么说，你也不会懂啊。”

“你倒是好好解释一下啊。”

“我知道了……茅，是不是因为我在游泳比赛中赢了，所以你才邀请我一起去烟花大会？”

“没错。”

“其实一开始赢的人不是我，是祐介。”

“……”

“而且你一开始邀请的人就是祐介。”

“根本不可能，我不太喜欢安云同学。”

“但事实就是如此，你邀请了祐介而不是我。接着，你来到祐介的家里找他，结果那个家伙竟然爽约了。我只好代替他陪你一起去烟花大会……就在我们一起走在街道上时，你妈妈把你抓了回去。也就是在那个时候，我捡到了你掉下的那个球，然后用力地掷了出去……我心里想着：要是……要是我在游泳比赛中赢了祐介的话……结果不知怎么的，周围就‘哗啦哗啦’地转动起来……”

“哗啦哗啦？”

“嗯，比起‘哗啦哗啦’……‘刷啦刷啦’应该更加贴切吧……”

“典道同学的词汇太贫乏了。”

“要你管……总而言之，回过神来时，我已经回到那场游泳比赛中……这次是我赢了，所以变成了你邀请我去烟花大会……但是又……”

“这次轮到你爽约了，是吗？”

“我才没有爽约呢！总而言之，其间发生了各种各样的事，在我们两个正准备上电车的时候，你又被你妈妈还有那个再婚对象带走了……”

“然后呢？”

“然后，我和祐介他们为了瞧瞧烟花到底是圆的还是扁的，偷偷摸摸地爬上了灯塔，但在那里看到的烟花居然是扁的……这世上本不可能有这样的事，烟花怎么可能是扁的啊，我觉得那个世界很不对劲，于是祈求着要是这次能和你一起坐上电车的话……接着掷出了那个球……”

“然后呢？”

“然后，我们两个勉强坐上电车，却在交叉口被祐介他们发现，还被你妈妈追赶，我们好不容易从他们的围攻中逃出来，一起登上了灯塔……这一次，烟花既不是圆的也不是扁的，而是一种软塌塌的、超恶心的形状，我又一次觉得那个世界不对劲……”

“然后你又把球掷出去了？”

“是的……”

“这一次你许了什么愿望？”

“咦，啊……愿望……就是……”

“说呀。”

“这个……唔，就是……要是，要是我和荠……”

“什么？我听不清楚。”

“就是——要是我能和你在一起的话！”

“……”

“我在内心这么祈求着，又一次掷出了那个球……”

“接着，我们就在这里了？”

“没错。”

“可我们乘的电车怎么会在海面上滑行呢？”

“这只是我的猜测，我想应该……是因为你的妈妈肯定会在灯塔前站等着我们，所以……”

“所以电车就来了一个九十度大转弯？”

“我是这么觉得的……不过这么天马行空的事，估计你也不会相信吧。”

“那么，这里是你创造出来的世界喽？”

“不，并不是我创造出来的。怎么说呢，应该称这里为‘如果的世界'？这个世界里的事物和我们原本世界里的有些不一样，烟花可能是扁的，也可能是奇形怪状的，其实我自己也不是很清楚……"

"这样啊……"

"所以说，荠……"

"什么？"

"如果你能回到过去，你会怎么做？"

"什么？"

"只是如果而已……其实我自己想了想。你捡到球的地方不就是……你和你爸爸最后一次见面的地方吗？"

"没错……"

"所以我觉得，尽管真正使用球的人是我……但是，说不定这是你爸爸交给你的东西……啊，我说的并不是什么幽灵或鬼魂之类的东西，我也说不太清楚……我想这应该是……你爸爸在那个世界十分想念你，所以……"

"什么？难道说我们现在在死后的世界吗？"

"不对不对，我不是那个意思……怎么说呢……要……要是你爸爸没有在海边……"

"没有死的话？"

"是的。"

"……"

“……”

“我是不会回到过去的。”

“为什么？”

“虽然爸爸去世后我真的很寂寞，即使是现在，我也时常会想念他……”

“那为什么……”

“但是，要是我真的回去了，爸爸一定会很伤心的。”

“为什么？”

“毕竟，即便是现在，我也常常会去海边和爸爸见面，和他聊天啊。”

“……”

“不管我遇到开心还是不开心的事，我都会到那里去，然后和爸爸聊一聊，告诉他最近发生了什么事情。”

“……”

“每次说完，我都能听到爸爸的声音从大海那边传来，夹杂在波浪中，不过每次他都会说相同的话。”

“说什么？”

“活下去。”

“什么？”

“他对我说要活下去，总是对我说这句话。”

“……”

“今天早上我也听到了哦。”

“……”

“所以没关系的。”

“……”

“咦，你怎么哭了？”

“才没有哭。”

“你明明就在哭！把脸对着我呀！”

“才不要！”

“看着我吧。”

荠把手搭在我的肩膀上，强行让我转向她。而我早已哭得稀里哗啦，为了不被她看到一副哭哭啼啼的样子，我故意低着头。

“还有呀……”

“什么啊？”

我用手胡乱地擦干眼泪，抬头看向荠，只见晶莹的泪珠扑簌扑簌地从她眼眶里落下来，她也哭了。

“要是回到一年前的话，我岂不是又比典道同学矮了吗？”

眼泪还在扑簌扑簌地往下掉，但她还是向我露出了一个灿烂又温暖的微笑。

那是我今天抬头看到的，荠最可爱、最温柔的表情。

电车正在横穿茂下海湾，突然又一次大转弯。

随后，电车逐渐降速，在刹车声中慢吞吞地停了下来。

终点即是，茂下站。

在这个世界里，茂下电铁不是直线行驶的，而是在同一个地方滴溜溜地打转，形成一个环状。虽然我没有见过，也没有坐过东京的山手线（**注：日本铁路路线之一，运行轨道呈环状**），但差不多就是它的超级迷你版吧。

车门开了，我和荠一同下车。

“转了一圈又回来了呢。”

“是呀。”

说不定“如果球”就掉在这附近，我开始在四处搜寻，但哪里也没找到它。

“看来即使我们乘上了电车，也还是会回到原来的地方。”

“嗯……”

“一切都是因为典道同学掷出了那个球。”

“是呀……”

我向上望去，几乎整片天空都被渲染成群青色，只有一丝橘红色还残留其中。

再过不久，今天最后的烟花大会就要开始了。

走出无人检票的检票口，我发现自己的自行车赫然倚靠在车站外的墙边，于是忍不住笑了起来。

又出现了一件我想不明白的事情。回想起来，荠坐在我自行车后座的时候，我们确实骑车来到了这里。那个时候我们连目的地都没有，只是一个劲地踩踏板，把祐介他们、她的母亲和大叔都甩得远远的。

我扶起那辆看起来好像在等待我们的破旧自行车，向荠搭话道：

“走吗？”

“好呀。”

我们在通往大海的缓坡上骑车，一路环视着这不可思议的世界。

道路边栽种的大树和沿海防护林的黑松一样，无一不是歪歪扭扭的。鳞次栉比的旧房子也一个个圆鼓鼓的，就像以前在绘本里见到的糖果屋一般。一座座风力发电机耸立在群山山脊上，上面的螺旋桨片好像一点重量也没有，一会儿竖着转，一会儿横着转。一轮明月飘浮在风力发电机上面，但它和前一个世界里绽放的烟花一样，竟是奇形怪状的，直叫人恶心。

“我说……”

坐在我身后的荠开口道。

“什么事？”

“这是典道同学创造的世界吗？”

“我自己也搞不清楚，也许是吧。”

“啊，感觉这里和《爱丽丝梦游仙境》中的世界有点像呢。”

“那是什么玩意儿？”

“我是爱丽丝，而典道同学就是那只白兔子啊。”

“你说什么呢？”

“话说回来，那只白兔子好像也扔出了什么东西呢，是石头吗？还是球呢？”

从我懂事起，生活中只有《少年JUMP》而已。那个什么爱丽丝，不要说内容，我连名字都没听说过。这种受女孩子喜爱的故事和我没什么缘分。

“那个故事讲了什么？”

“怎么了？”

“那个叫爱丽丝的人应该是进入了什么不可思议的国度吧？”

“兴致不浅嘛。”

“吵死了，所以爱丽丝最后怎么了？”

“我也不记得结局了。”

接着我们又一言不发，继续往大海的方向前进。

在这个世界里，映入眼帘的一切都十分奇怪，但迎面吹来的海风依旧那么舒爽。这股风，和我今天早上骑这辆破旧自行车朝着大海一路下滑时感受到的一模一样。明明是同样的感觉，我心里却突然莫名其妙地害怕起来。

我会一直待在这个奇妙的世界里吗？会再也回不去那个无聊又平凡的暑假吗……

和茅待在一起的时光确实很开心，但是我的伙伴祐介他们，爸爸妈妈，还有学校怎么办？我再也见不到他们了吗？我和祐介他们胡闹的日常生活，一直对我发脾气的妈妈，在学校嬉闹的时光，我最喜欢的隔夜咖喱饭……都将不复存在了吗？

“要是……”

身后响起了荠的声音。

“要是，要是典道同学再一次掷出那个球，祈求回到原来的世界的话，事情会变得如何呢？”

“什么？！”

难道说在这个世界里，荠能看穿我的心思吗？一时间，我心慌意乱起来。努力平复好心情后，我冷静地回答道：

“不用说……我们肯定会回到原来的世界啊。”

“这样啊……”

说不定，荠刚才也在思考着同样的问题。虽然她之前说自己不记得故事的结尾了，但按照这类故事的剧情发展，应该不可能就这样永远待在不可思议的国度吧。不知道回到现实世界后爱丽丝怎么样了，荠大概是把自己投影到爱丽丝身上了吧。

这么说来的话，回到现实世界后，荠她会……

“但是，如果回到原来的世界……”

“怎么了？”

“荠肯定要搬到我不知道的地方去吧？”

“……”

“我讨厌那种事……如果非得那样，我不如和茅一起待在这个奇怪的世界里。”

“……”

她沉默不语。

要是和她面对面，直视她的眼睛说出这番话，我一定会羞得凿地三尺再把自己埋进去。所以，只有像这样骑着自行车，看不到对方的脸时，我才敢说出自己的真心话。趁着这阵海风，说不定能让她明白我的心意。好，要不然不发声地练习一下吧……

我其实……一直喜欢……

啊！说不出口！说得出口才怪了！

自行车沿着坡道继续下滑，在海岸边转弯的时候，茅终于再次开口道：

“我说，要不要去游泳？”

我接受了她的提议，在海岸外沿停了下来。

混凝土台阶处一片昏暗，为了确保脚下能踩稳，我和她小心地并排着走下去。

而在另一边，连成一片的摊位灯火辉煌，海岸上人头攒动，几乎所有的茂下镇居民都涌到了那一侧等待烟花绽放。

“哇，果然呀，这边一个人都没有呢。”

虽然看不到她的表情，但茅的声音异常的欢快。

当脚下的触感由混凝土变为木板道（**注：为了方便游人观赏，海岸，湿地等景点会设置人行木板道**）时，我突然明白了自己身在何处。这里正是今天早上茅所站的地方……也就是说，我们正站在茅和她父亲最后一次见面的地方。

那边人群喧闹的声响，随着小小的波浪翻滚而来。

这时，茅开始扭动脚跟，脱掉鞋子。

“喂，你真的要游泳啊？”

茅对我的问话不理不睬，默默地从木板道走向大海，然后回过头看了看我。

接着，她抓住黑色连衣裙的下摆，向上提着慢慢地脱掉了衣服。

“喂喂！”

在夜幕降临的海边上，我只能看见模糊的人影。只见本由纯黑色包裹的她，渐渐披上了富有光泽的浅银色，在微光的反射下，我隐约看到了她的脸。

她看着我，既像是害羞，又像是忸怩，但确确实实在笑。

我慌了神，不知道该如何是好，只好别开了目光。这时，茅径自转身，面朝大海走去。

“喂喂！”

我脚上穿着旅游鞋，里面全是沙子，根本追不上光着脚的她。我们之间的距离越来越远。

我大喊：“等等啊！”

但一点用也没有，我的声音被波涛的翻滚声盖过。终于，澎湃的波浪平静了下来，变为海浪拍打海滩时的细碎声音。海水已经没过我的脚踝，旅游鞋早就湿透了，但我焦急地寻找着消失在海中的荠，根本顾不上这种事。

“喂！荠！喂——喂！”

我大声嘶喊，可周围一片寂静，眼前如同墨汁一般的大海只有波浪来回起伏的声响在回荡。

突然，在我前方十五米处，荠猛地从水中浮出来。

“喂喂！”

任由湿漉漉的头发贴在脸上，荠直起身子，背对着我站在海中。

看着她一系列出乎意料的举动，我像化石一般僵在原地。

“别这么乱来啊。”

我努力挤出一句话来。

她还是不理会我，直直地注视着天空。

“我说呀，典道同学。”

“又怎么了？”

“在这个世界里，升空的烟花会是什么样子的呢？”

“什么？”

“是圆的？是扁的？还是弯弯扭扭，奇奇怪怪的？”

“你说这事啊……”

我还站在海边，她则伫立在大海中，这段距离让我焦躁起来。

在今天一天里，我体验了多个世界，我们多次分离，我又多次把她夺回来。终于，在这个世界里，我们总算能单独在一起了。

等等，等一下，难不成现在……现在不就是我们互相看不到对方的脸，却能听到对方的话，如此绝佳的距离吗？刚才没能在自行车上说出的话，现在估计就可以说出来。不，错过现在就没有机会了！我必须说出来！得赶在烟花发射之前！

“荠！”

我大声地吼道，这声音把我自己都吓了一大跳。然后，荠回过头来看我。

“什么？”

好不容易叫出她的名字，她也回了头，可我心里居然打起退堂鼓，硬是说不出下一句话。

“嗯，没什么……”

“你搞什么呀？”

烟花大会马上要开始了，烟花一旦发射出去，不管是什么形状，我们的注意力都会被吸引到那边。而且，在烟花的照射下，海边会变得明亮起来，我们也会清楚地看见对方的脸。

如果非让我现在就说出口，我也不是做不到，可在荠的注视下，我怎么也开不了口。就在今天，我犹如漫画里的英雄一般，做了无数连自己都难以想象的事情。我一路过关斩将，用尽全力改写世界，但这一切和我即将要做的事情相比，根本是小巫见大巫。心里一紧张，我的心就一下子提到嗓子眼。

“干吗啊！有话直说。”

荞的语气稍微变强硬了一些。

必须说出口。要说了哦。马上就说。你倒是说呀！

为了确保我的声音能清晰地传到她那儿，我也往海里走去。

接着，我用尽全力喊道——

“我！我喜欢……”

就在我喊出口的那一刹那，荞的身后突然响起咻的声音，与此同时，小小的火团势如破竹地冲上夜空。

“啊！”“啊！”

我和荞不约而同地望向天空。

火团一下蹿入夜空，它的尾部左右摇曳着。来到高空以后，火团上升的速度逐渐变慢。

我和荞的目光被它吸引着一同向上攀升。

这是我们今天第一次在下面看烟花绽放。

终于，火团悠悠地上升至最高点，下一瞬间，夜空就被绽放的烟花照亮了。

轰隆！轰隆隆！

火花向四面八方发散出去，它们以同样的扩散速度在天空中组成一个圆形。

“啊！”“哇啊！”

那形状……既不是扁的，也不是让人感觉恶心的，而是完美无瑕的圆形。

在第一发烟花爆炸后，其他的火团也不甘示弱地冲上夜空，五彩缤纷的烟花一并在天空中璀璨绽放。

不论哪一个，都是……圆形的。

我和荠就这么仰望着在夜空中绽放的圆形烟花……不，应该说我们只能用仰视的方式来观看烟花。岸边喧闹的人群发出“哇啊啊！”“好厉害啊！”的感叹声，让我一下回过神来。

“奇怪……”

“居然是圆形的呢，典道同学。”

“为什么呢？”

根据“如果的世界”的规则来的话……嗯，我也不清楚有没有这个东西，那不过是我的推测，但假设有的话，那这个世界的烟花就不可能是圆形的。

不只是烟花，本应笔直前进的电车突然九十度大转弯，本应挺拔的大树竟然扭扭曲曲……诸如此类，在“如果的世界”中出现的所有事物都应该与原本的世界相违背……因此，圆形的烟花应该只存在于原本的世界中……这么说的话，这里是……

“回来了……”

“什么？”

“我们两个可能已经回来了……回到了原来的世界……”

我连忙望向海岸那边。

在群山斜面建起的一排排房屋,如今不再像糖果屋那样圆滚滚,而是变回以往棱角分明的样子。屹立在房屋旁边的大树，一改颓废的扭曲模样，笔直而挺拔。群山山脊上耸立的风力发电机，上面的螺旋桨也理所应当地像时钟的指针一般转动着……就连螺旋桨上方的明月，也是圆形的……

是谁掷出了球吗？在前一个世界中，我在灯塔把“如果球”掷了出去，它应该顺势落在了大海里，没有人能拿到它，这是怎么回事？

轰隆！轰隆隆！轰隆！轰隆隆！轰隆！轰隆！轰隆隆！

仿佛在嘲笑一脸茫然的我,夜空中又炸开了无数个圆形的烟花。

要是我刚才的假设没有错,假设“如果的世界”有规则的话……说不定球一旦掉落到海中，就意味着一切重新回到原点，就像游戏里的重启那样。

难道说,“如果的世界”重启后，我们就回到“没有如果的世界”了吗？

在烟花响彻云霄的轰鸣声中，突然传来“哗啦哗啦”的海浪拍打声。

只见茅不停地掬水泼洒自己的脸。掬水，再泼洒，掬水，再泼洒，她不断地重复这个动作，就像在舍弃最后一丝留恋。

终于，她停了下来，慢慢地把头转向我。

明光烁亮的烟花照耀着她，被海水浸湿的脸庞开始变得清晰。

那张脸，似乎在笑，又似乎在哭，她以一副难以名状的表情开口说道：

“要……永别了呢。”

“什么？”

我一下子没反应过来，理解不了她口中的“永别了”是什么意思，但她悲切又凄凉的声音，猛地让我明白那正是“永别了”。

刹那间，在“真实的世界”里发生的大大小小的片段，一个个在我脑中复苏。

在老家厕所的月历上写着的“烟花大会”的文字，女播音员的声音，咖喱上的蛋黄，骑着破破烂烂的自行车一路下坡所感受到的海风，她熠熠生辉地站在波光粼粼的海边，她在教室里注视着我的目光，在泳池边以睡姿躺下的她，从她的胸口轻飘飘飞到空中的蜻蜓，展示从海中捡到的球的那双手，“你们在说什么五十米，我也要参加”的声音，三个人一齐跃入水中时飞溅出的水沫，她游在我前方的身影，完美地转身后向我投来的目光……在没有护目镜遮挡下的那双眼睛，正真真切切地望着我。

荠她一直看着我。一直，一直以来，她都在看着我……

突然，右脚传来沉闷的痛感。

我抬起脚，仔细查看，脚跟处有一个明显伤口，皮肤已经起皮，露出浅浅的粉红色。

我们回来了……回到了真实的世界，原本的世界……

这也意味着……我和荠再也……

我不自觉地望向她，她仍然微笑着，但眼里扑簌扑簌的，刚才脸上的海水已变为泪珠，马上就要落下来。

“呜哇哇哇哇哇哇哇！”

我大叫起来，而且我自己也不清楚怎么回事，猛地脱掉上衣和旅游鞋，心急火燎地跑向她。

荠一脸疑惑地看着我气势汹汹地跑来，我则不顾一切地想紧紧抱住她，不料在海水深处踩了个空，就这么抱着她一同沉入水中。

烟花在高空中不断绽放，释放出刺眼的火光，幽深而漆黑的大海意外地变得明亮起来。

在空中飞舞的火花仿佛洒落到海里，四散在水里的气泡中。我和荠如同掉进了烟花的世界里。

海中，周围的一切都慢了下来，这里是“只属于我们的世界”。我们在海中的世界漂漂荡荡。

突然，荠抓住我的手，直直地注视着我，她的手指紧紧扣住我的手指。

我也睁开双眼，回应她的目光。

即使不戴护目镜，她的脸在水中也清晰动人。

荠微笑着，望着我，脸慢慢地向我靠近。

接着，她紧闭双眼，以更加缓慢的速度贴近我的脸……她的嘴唇居然贴在了我的嘴唇上。

“呜呜！”

她这突如其来的大胆行为让我……不对！是我人生中的初吻，让我的大脑无法负荷，整个人都混乱起来。但是，就在那一刹那，在我们嘴唇相触的那一刹那，我确实感受到了她犹如鸡蛋蛋黄般柔滑的嘴唇。我的大脑因这次亲密的接触而变成一团乱麻，更重要的是，因为身体陷入极度缺氧的状态，我立即离开了荠，冲向水面。

我急迫渴求着氧气,张开嘴大口大口地把新鲜的空气灌入肺部。璀璨的烟花硕然绽放在天空中，点燃了整个夜空。

果然，发射到天空中的烟花是圆形的啊，这么看来，从侧面看的烟花也是一样的吧……

以之前的经验来看，说不定祐介他们这个时候正站在茂下灯塔的顶楼，从侧面观看着烟花，和我思考着同样的事情。

我望向灯塔处，却看见荠突然从大海中浮出来，我不由得别开了目光。

即使是她主动来亲我的，我也不知道该以怎样的表情去面对刚刚才亲密接触过的人。

“哇啊，真的好漂亮啊！”

我的担心仿佛是多余的，她根本没有理会我，旋转着身体，面向空中的烟花，以仰泳的姿势浮在海面上。

她的身体大半浸在水中，只有脑袋浮出来。

“好厉害……我们就像在烟花的世界里一样。”

她低声嘟囔着我刚刚在内心感叹的话。

不知为何，这番话安抚了不知所措的我，使我安下心来。像她一样，我也以仰泳的姿势浮在海面上。

随着海浪的波动，我和荠的距离越来越近。

圆形的烟花依旧挤满了夜空，但天下没有永远绽放的烟花。

过不了十几分钟，烟花大会就会结束。

即使现在海岸边人山人海，之后人们都会各自回家。

哪怕是在灯塔上的祐介一伙人，之后也会回到自己的家。

因此，我也好，荠也好，都必须回家。

我们只不过是十三岁的小鬼，除了自己的家，别无去处。

我们可不能再像今天那样，逃去另一个世界了。

“典道同学呀。”

荠望着天空中的烟花开口道。

“什么？”

要是向她那边看去，必定会被海水呛到，所以我也像她一样，望着天空应答。

“下一次，我们会在什么样的世界里相遇呢？”

“……”

“真叫人期待啊。”

说完这句话，她转过身子，慢悠悠地游向海岸。

她渐渐离我远去，仿佛融化在海面上的烟花中。

我待在原地，只能呆呆地看着她那优美的泳姿，任由她离去。

在我看来，她的背影无比坚毅，现在说什么应该都毫无意义了。

她义无反顾地，向着再也没有“如果”的“唯一的世界”游去。

如果……如果我们能再次相遇，不管那是什么样的世界，我都会好好传达我的心意。就像我掷出“如果球”一般，用尽全力喊出……

“茅，我最喜欢你了！”

与其说是后记，不如说是，后来的故事

我的本职工作是电视剧或电影的导演……突然要求我写小说的余韵——也就是后记的时候，说实话，我十分苦恼，但既然必须写，就请各位听一听我的想法吧。

《烟花》原本是二十四年前的电视剧。这部电视剧现在即将重新制成动画电影，而我是电影的剧本负责人，与原来的故事相比，我不但增加了新的角色，还修改了故事设定，添加了后半段的原创剧情。

详细地说，我把原本是小学生的典道和荠改为了初中生，而本来只有一次的“如果的世界”变为了多次，原作中不存在的“如果球”也在新作中出场……

总而言之，对这部改编为动画的电视剧作品，我做出了很大的调整，岩井俊二先生所创造的世界观也在很大程度上发生了改变。

说起来，最初，当我收到“您试试把它改编成小说吧”这样的请求时，我以“我做不到，因为我根本没有写过小说”为由拒绝了委托，但经过深思熟虑后，我改变了之前的想法。

毕竟，我是改变了整个故事的人物和世界观设定，还增加了后半段新故事的主要负责人，不是吗？

抱着这样的想法，我认为自己应该有始有终，挑起大梁，负起这个责任，对吧？尽管不擅长写小说，但我还是决定动笔了。

因此，这本小说有不少文字拙劣的地方，用词和语句不太高明的地方恐怕也有很多。

小说中，本应该使用常规写法的地方，突然插入剧本一样的段落，想必大家读起来会觉得有点不太适应。

因为这本小说是以典道的视角来描写的，不少地方典道并不在场，也不知道当时发生了什么。我冥思苦想也不知道该如何写才好，干脆就决定用剧本的方式来写了！大概是这么一回事……

以上只是我笨拙的借口罢了，但这些事并不重要，我真正想说的其实是……

这部作品的原型是电视剧、动画的影视作品，所以这本书里写的故事和场面也非常影视化。我认为这是十分自然、理所当然的事情。

我想，有不少人都是在没有看过电视剧或动画的情况下，翻开这本书的吧。

作为作者，我真的非常高兴，也很感谢大家，希望大家也好好欣赏电视剧和动画吧。

看过电视剧或动画后再读小说，脑海中浮现的景色和角色就会有更直观的感受，而我这个门外汉所描述的含糊之处，在看完影视作品后，也能让大家感叹“啊啊，原来是这么一回事”，从而理解了也说不定。

因此，请大家尽情欣赏电视剧和动画吧！

这本小说尽力想描写的地方，就是小学生/初中生的典道和女孩子之间微妙的距离感，和他想表达心意却说不出口的心理状态，这些都是以影视的角度写出来的呢。

当然，最重要的就是这部作品的女主角——荠！

不管是电视剧里的荠，还是动画里的荠，都非常的，无比的，难以超越的可爱！真是极具魅力！

请大家好好观赏电视剧、动画、小说，三重享受《烟花》吧！

最后，我要好好感谢一下创造出这部作品的岩井俊二先生，制作动画电影的新房昭之导演以及全体员工们，兼任这部电影的企划人和制片人的川村元气先生，以及电视剧、动画相关的工作人员。最后，请让我对翻开这本书并读到最后的读者们，致以衷心的感谢！

最喜欢你们了！

2017年5月

大根 仁